U0097627

全民英語能力分級檢定測驗
中級英語檢定複試測驗①詳解

寫作能力測驗

一、中譯英

　　成功的人擁有一個重要特徵，就是不管他們的工作看起來多麼無聊和無關緊要，他們總是會全力以赴。從一個人在小事情上的行為，我們就可以預測他在大事情上的表現。只要我們每天所做的每一件事都全力以赴，成功必然會降臨在我們身上。

One important trait that successful people have is that they always do their best, no matter how boring and trifling their jobs may seem. From a person's performance on the little things we can predict how he will perform on the big things. As long as we do our best in everything we do every day, success will certainly come to us.

* trait〔tret〕*n.* 特性；特徵
  successful〔sək'sɛsfəl〕*adj.* 成功的
  do one's best 盡力；全力以赴　　***no matter*** 無論
  trifling〔'traɪflɪŋ〕*adj.* 無關緊要的；微不足道的
  performance〔pə'fɔrməns〕*n.* 表現
  predict〔prɪ'dɪkt〕*v.* 預測　　perform〔pə'fɔrm〕*v.* 表現
  as long as 只要　　success〔sək'sɛs〕*n.* 成功
  certainly〔'sɝtn̩lɪ〕*adv.* 必定；必然

二、英文作文

Motorcycles in Taiwan

There is no doubt that motorcycles are very popular in Taiwan, and this machine has had both good and bad effects. *On the positive side*, motorcycles make it easier for people to get around the city. They allow people to get to places that are not served by public transportation quickly and conveniently. They are also much smaller than cars so they can be parked almost anywhere. *Finally*, they are not too expensive, so most people can afford to buy one.

On the other hand, there are some drawbacks to the large number of motorcycles. *First of all*, they pollute the air, and the exhaust they give off is often worse than that emitted by cars. They are *also* very noisy and may disturb people, especially at night. *In addition*, because they are small, many people park them wherever it is convenient for them. *As a result*, it can be difficult to walk down the sidewalks in Taiwan. In order to avoid these kinds of problems, motorcycle drivers must behave responsibly.

* positive〔'pɑzətɪv〕 *adj.* 正面的【↔ negative〔'nɛgətɪv〕 *adj.* 負面的】
  get around 四處走動　　serve〔sɜv〕 *v.* 服務；提供（設備等）
  drawback〔'drɔ,bæk〕 *n.* 缺點　　pollute〔pə'lut〕 *v.* 污染
  exhaust〔ɪg'zɔst〕 *n.* 廢氣　　emit〔ɪ'mɪt〕 *v.* 排放（= *give off*）
  sidewalk〔'saɪd,wɔk〕 *n.* 人行道
  behave〔bɪ'hev〕 *v.* 舉止；行為
  responsibly〔rɪ'spɑnsəblɪ〕 *adv.* 負責任地

口說能力測驗

一、朗讀短文

　　有個男人和他的太太有幸擁有一隻每天會下金蛋的鵝。雖然他們很幸運，但是不久他們就開始覺得自己富得不夠快速，並且認爲鵝的身體內部一定是黃金做成的，於是他們決定把鵝殺死，以便立刻就能獲得所有儲存在鵝體內的貴重金屬。但是當他們剖開鵝的身體後，發現這隻鵝就和其他的鵝一樣。如此一來，他們不但無法如願地立即致富，也再也無法享受每日可增加的財富。

　　殺雞取卵，愚蠢至極。

* fortune〔ˈfɔrtʃən〕*n.* 運氣；幸運　　possess〔pəˈzɛs〕*v.* 擁有
  goose〔gus〕*n.* 鵝【複數形爲 geese〔gis〕】
  lay〔le〕*v.* 產（卵）【三態變化爲 lay-laid-laid】
  imagine〔ɪˈmædʒɪn〕*v.* 想像；認爲
  be made of　由～製成　　**in order to**　爲了；以便
  secure〔sɪˈkjur〕*v.* 獲得；確保　　store〔stor〕*n.* 儲存；儲備
  precious〔ˈprɛʃəs〕*adj.* 珍貴的　　metal〔ˈmɛtḷ〕*n.* 金屬
  at once　立刻；馬上　　**neither…nor～**　沒有…也沒有～
  all at once　立刻；突然　　**not～any longer**　不再～
  addition〔əˈdɪʃən〕*n.* 添加物　　wealth〔wɛlθ〕*n.* 財富
  Kill not the goose that lays the golden egg.　【喻】殺雞取卵；
  　　爲貪圖眼前的利益而犧牲未來的利益。

　　　　　*　　　　*　　　　*

　　當我還是小男孩的時候，我和同住在密西西比河西岸村莊裡的夥伴們，永遠固定的抱負只有一個：就是當蒸汽船的船員。我們有過其他短暫的抱負，但是就只有那麼短暫而已。當馬戲團來了又走，我們滿腔熱血想當小丑；黑人滑稽歌舞表演初次來到我們這個地方，使得

我們都想試試那樣子的生活；我們偶爾會想，如果我們乖乖地生活，上帝可能會准許我們當海盜。這些抱負一個一個漸漸消失殆盡，但是當蒸汽船船員的這個抱負一直都在。

* permanent (ˈpɝmənənt) *adj.* 永恆的；固定的
  ambition (æmˈbɪʃən) *n.* 志向；抱負
  comrade (ˈkɑmræd) *n.* 同伴；夥伴；同志
  bank (bæŋk) *n.* 河岸　　***the Mississippi River*** 密西西比河
  steamboat (ˈstimˌbot) *n.* 蒸氣船
  transient (ˈtrænʃənt) *adj.* 短暫的
  sort (sɔrt) *n.* 種類　　circus (ˈsɝkəs) *n.* 馬戲團
  burn (bɝn) *v.* 充滿熾熱的情感；渴望
  clown (klaʊn) *n.* 小丑　　Negro (ˈnigro) *adj.* 黑人的
  minstrel (ˈmɪnstrəl) *n.* (白人扮演黑人的) 滑稽歌舞表演
    (= *minstrel show*)
  section (ˈsɛkʃən) *n.* 區域；地區
  suffer (ˈsʌfə) *v.* 經歷；承受【在此引申為「想」(= *want*)】
  now and then 偶爾；有時　　permit (pəˈmɪt) *v.* 允許
  pirate (ˈpaɪrət) *n.* 海盜　　***fade out*** 逐漸消失
  in turn 依序地　　remain (rɪˈmen) *v.* 持續；依舊

二、回答問題

問題 1： 你喜歡喜劇嗎？為什麼喜歡或為什麼不喜歡？

【回答範例】 我當然喜歡。

我非常喜歡幽默。

我愛看好笑的電影。

我有幽默感。

一個好笑話可以讓我一整天都很快樂。

幽默的節目會使我哈哈大笑。

* comedy〔ˈkɑmədɪ〕*n.* 喜劇　　bet〔bɛt〕*v.* 打賭
　you bet 當然（= *of course*）
　humor〔ˈhjumɚ〕*n.* 幽默　　funny〔ˈfʌnɪ〕*adj.* 好笑的
　a sense of humor 幽默感
　make one's day 使某人快樂的過一天（= *make sb. happy*）
　humorous〔ˈhjumərəs〕*adj.* 幽默的
　show〔ʃo〕*n.* 節目　　*crack sb. up* 使某人大笑

問題 2：你在家裡和誰最親近？

【回答範例】　我跟我媽媽最親近。
　　　　　　我們的關係很緊密。
　　　　　　在許多方面我都很欽佩她。

　　　　　　我經常可以看出她的心思。
　　　　　　她經常知道我在想什麼。
　　　　　　我們互相信任。

* close〔klos〕*adj.* 親近的 < *to* >
　relationship〔rɪˈleʃənˌʃɪp〕*n.* 關係
　tight〔taɪt〕*adj.* 緊密的
　admire〔ədˈmaɪr〕*v.* 欽佩；仰慕
　read one's mind 看出某人的心思
　share〔ʃɛr〕*v.* 分享；共同擁有　　trust〔trʌst〕*n.* 信任

問題 3：你有近視嗎？

【回答範例】　令人遺憾的是，我有。
　　　　　　我的視力很糟。
　　　　　　我已經戴眼鏡很多年了。

　　　　　　我從十歲就開始戴眼鏡。
　　　　　　我們家所有的小孩都有戴眼鏡。
　　　　　　因為看太多電視和玩太多電動遊戲。

　　　　　　　　* nearsighted（'nɪr'saɪtɪd）*adj.* 近視的
　　　　　　　　regrettably（rɪ'grɛtəblɪ）*adv.* 令人遺憾的是
　　　　　　　　eyesight（'aɪ,saɪt）*n.* 視力（ = *sight* = *vision*）
　　　　　　　　awful（'ɔful）*adj.* 很糟的　　***be due to*** 因爲

問題 4：你曾經遇到下雨卻沒帶雨傘嗎？發生了什麼事？

【回答範例】有的，我有。
　　　　　　我經常發生這種事情。
　　　　　　我沒在注意氣象報告。

　　　　　　有次我騎腳踏車時下雨。
　　　　　　一場大雨讓我全身溼透。
　　　　　　隔天我就感冒了。

　　　　　　現在我會一直等到大雨停止。
　　　　　　我會找一些屋簷來躲雨。
　　　　　　我會避免全身都溼透。

　　　　　　* ***get caught in*** 遇到（下雨、塞車等）
　　　　　　careless（'kɛrlɪs）*adj.* 粗心的；不注意的
　　　　　　soaked（sokt）*adj.* 溼透的
　　　　　　wait out 一直等到～結束
　　　　　　downpour（'daʊn,por）*n.* 傾盆大雨
　　　　　　seek（sik）*v.* 尋找
　　　　　　shelter（'ʃɛltɚ）*n.*（躲避風雨的）避難所；避雨的場所
　　　　　　avoid（ə'vɔɪd）*v.* 避免　　***soaking wet*** 溼透的

問題 5：除了英語之外，你對其他哪些外語有興趣？

【回答範例】我想學法語。
　　　　　　那是個很迷人的語言。
　　　　　　我想說一口流利的法語。

我對法國文化有興趣。

音樂和食物都超級棒。

法語是非常有用的語言。

　　* ***foreign language*** 外語
　　　fascinating（'fæsn͵etɪŋ）*adj.* 迷人的
　　　fluent（'fluənt）*adj.* 流利的
　　　superb（su'pɝb）*adj.* 超級棒的

**問題 6 ：上體育課的時候，你們通常做些什麼？請舉一些
　　　　例子。**

【回答範例】首先，我們會排隊，然後暖身。

我們會做一些伸展。

再來，我們通常會沿著跑道慢跑。

我們經常打籃球和排球。

我們的體育老師會說明一些技巧。

接著，我們會練習、比賽，然後玩得很愉快。

　　* ***line up*** 排隊　　***warm up*** 暖身
　　　stretch（strɛtʃ）*v.* 伸展　　track（træk）*n.* 跑道
　　　technique（tɛk'nik）*n.* 技巧；技術
　　　have fun 玩得愉快

問題 7 ：你喜歡咖啡嗎？為什麼或為什麼不？

【回答範例 1 】我不太喜歡咖啡。

它通常使我的胃不舒服。

它會讓我失眠。

我偶爾會喝一些。

如果我必須熬夜，我就可以忍受很濃的咖啡

但是那種情況極少。

       * *care for* 喜歡   upset〔ʌp'sɛt〕*v.* 使不舒服
       stomach〔'stʌmək〕*n.* 胃
       insomnia〔ɪn'samnɪə〕*n.* 失眠
       once in a while 偶爾
       tolerate〔'talə,ret〕*v.* 忍受   thick〔θɪk〕*adj.* 濃的
       brew〔bru〕*n.* (泡好的) 茶；咖啡
       burn the midnight oil 熬夜
       once in a blue moon 極少地；千載難逢地

【回答範例 2】 我非常熱愛咖啡。
       我的生活裡不能沒有它。
       我早上、中午、晚上都喝咖啡。

       咖啡現在很流行。
       到處都是咖啡店。
       我喜歡跟隨大眾，也當一個咖啡狂熱者。

       * *cannot do with* 不能沒有   in〔ɪn〕*adj.* 流行的
       follow the crowd 跟隨大眾
       maniac〔'menɪ,æk〕*n.* 瘋子；狂熱者

問題 8： 你最喜歡的食物是什麼？

【回答範例】 多汁的水果是我最喜歡的食物。
       我喜歡芒果、桃子，和甜瓜。
       我喜歡它們在我嘴裡融化的感覺。

       新鮮的綠色蔬菜是我的最愛。
       沙拉令我無法抗拒。
       我喜歡脆脆的小黃瓜和鮮脆的萵苣。

       另外，我也喜歡肉。
       一塊又大又厚的牛排是我的最愛。
       小羊肉和蝦子緊接在後。

我無法抗拒巧克力。

牛奶巧克力或是黑巧克力都一樣。

我無法控制的愛吃甜食。

* juicy (ˈdʒusɪ) adj. 多汁的　　mango (ˈmæŋgo) n. 芒果
  peach (pitʃ) n. 桃子　　melon (ˈmɛlən) n. 甜瓜
  melt (mɛlt) v. 融化
  irresistible (ˌɪrɪˈzɪstəbḷ) adj. 無法抗拒的
  crunchy (ˈkrʌntʃɪ) adj. 脆的
  cucumber (ˈkjukʌmbɚ) n. 小黃瓜
  crisp (krɪsp) adj. 新鮮的；脆的　　steak (stek) n. 牛排
  lamb (læm) n. 小羊肉　　shrimp (ʃrɪmp) n. 蝦子
  be a close second 與第一名差距很小的第二名
  resist (rɪˈzɪst) v. 抗拒
  uncontrollable (ˌʌnkənˈtroləbḷ) adj. 無法控制的
  have a sweet tooth 愛吃甜食

問題 9：你經常準時嗎？請解釋。

【回答範例】 我很少遲到。

我總是很準時。

準時對我來說很重要。

我認為遲到是很無禮的。

那是在浪費別人的時間。

那很不禮貌而且不體貼。

* **on time** 準時　　punctual (ˈpʌŋktʃʊəl) adj. 準時的
  rude (rud) adj. 無禮的；粗魯的 (= *impolite*)
  inconsiderate (ˌɪnkənˈsɪdərɪt) adj. 不體貼的

問題 10：你曾經在一大群人面前發言過嗎？

【回答範例】 不，我沒有。

沒有在正式的場合裡。

我只在自己的班上發言過。

公開發言不是我擅長的事。

光想就讓我害怕。

那會讓我非常緊張。

* formal〔ˋfɔrml̩〕*adj.* 正式的

    setting〔ˋsɛtɪŋ〕*n.* 環境；場合 (= *occasion*)

    forte〔fɔrt〕*n.* 擅長；優點 (= *strong point*)

    scary〔ˋskɛrɪ〕*adj.* 嚇人的；可怕的

三、看圖敘述

這是一個草坪。可能是個公園、運動場，或是校園的草坪。草坪乾淨又柔軟，而且是天氣晴朗的地方。

這五個女孩似乎是很要好的朋友。她們正在與其中一人的小妹妹一起野餐。

所有的女孩都很享受天氣和相互的陪伴。她們一起分享所有好吃的東西，包括三明治、蛋糕、水果，和點心。她們正在聊天和討論事情。她們的心情都很好。

* grassy〔ˋgræsɪ〕*adj.* 多草的；草綠的   field〔fild〕*n.* 原野

    schoolyard〔ˋskul͵jɑrd〕*n.* 校園；運動場

    campus〔ˋkæmpəs〕*n.* 校園   lawn〔lɔn〕*n.* 草地

    company〔ˋkʌmpənɪ〕*n.* 陪伴

    yummy〔ˋjʌmɪ〕*adj.* 好吃的

    goodies〔ˋgʊdɪz〕*n. pl.* 好吃的東西【單數形為 goody】

    be in a good mood 心情好

全民英語能力分級檢定測驗
中級英語檢定複試測驗②詳解

寫作能力測驗

一、中譯英

　　當我長大時，我的志願是當一個像湯瑪斯・愛迪生（Thomas Edison）一樣偉大的發明家。我知道這說起來簡單做起來難。雖然我想當科學家，但我的成績並不理想。不過，愛迪生在學校時成績不也是很差嗎？就像他一樣，我絕對不會氣餒。我要繼續努力，以達成我的目標。

When I grow up, my ambition is to be an inventor as great as

Thomas Edison. I know this is easy to say but hard to do. Although

I want to be a scientist, my grades are not good enough. However,

didn't Edison get low scores in school, too? Just like him, I will

never be discouraged. I will keep making every effort to achieve

my goal.

* ambition〔æm'bɪʃən〕*n.* 志願；抱負
  inventor〔ɪn'vɛntɚ〕*n.* 發明家　　*as…as~* 像…一樣~
  great〔gret〕*adj.* 偉大的　　scientist〔'saɪəntɪst〕*n.* 科學家
  grade〔gred〕*n.* 成績　　score〔skor〕*n.* 成績；分數
  discourage〔dɪs'kɝɪdʒ〕*v.* 使氣餒　　effort〔'ɛfɚt〕*n.* 努力
  achieve〔ə'tʃiv〕*v.* 達成　　goal〔gol〕*n.* 目標

二、英文作文

An Unforgettable Teacher

I have had many good teachers during my years at school, but there is one that especially stands out. His name is Mr. Chen and he was my math teacher in junior high school.

When I first entered Mr. Chen's class, math was my worst subject. I simply couldn't understand the concepts, nor could I see why they were important. *No matter* how many times my teachers, classmates and parents explained math to me, I just didn't get it. *Furthermore*, as I had no plans to become a great scientist or engineer, I didn't care too much about math.

However, Mr. Chen changed all that. His explanations were so clear that even I could understand them. *Best of all*, he made the math problems seem real. He related them to problems in everyday life, and that made me see the usefulness of math skills. Now I no longer hate math and I'm even interested in pursuing a career involving numbers such as accounting or finance. *Thanks to* Mr. Chen, I have not only improved my skills but also increased my options for a future career.

> * *stand out* 突出；傑出　　concept〔ˈkɑnsɛpt〕*n.* 概念
> *get it* 了解　　relate〔rɪˈlet〕*v.* 使有關 < *to* >
> pursue〔pɚˈs(j)u〕*v.* 追求
> career〔kəˈrɪr〕*n.* 職業　　accounting〔əˈkaʊntɪŋ〕*n.* 會計
> finance〔fəˈnæns , ˈfaɪnæns〕*n.* 財務；金融
> *thanks to* 幸虧有；因為有　　option〔ˈɑpʃən〕*n.* 選擇

口說能力測驗

一、朗讀短文

　　藝術，廣義而言，包括創作、繪畫、戲劇、音樂、舞蹈等。根據
這個藝術的定義，打開電視看電影的人，就是在欣賞一種藝術。購買
並播放流行音樂專輯的青少年，就是在聆聽一種藝術。還有幾百萬閱
讀浪漫愛情故事或冒險小說的人，也是在享受另一種種類的藝術。

* broadly〔'brɔdlɪ〕*adv.* 廣泛地；廣義地
  define〔dɪ'faɪn〕*v.* 下定義
  creative〔krɪ'etɪv〕*adj.* 有創意的；創造性的
  creative writing 創作　　theater〔'θiətɚ〕*n.* 戲劇
  and so on 等等 (= *and so forth* = *et cetera* = *etc.*)
  by〔baɪ〕*prep.* 根據　　definition〔ˌdɛfə'nɪʃən〕*n.* 定義
  form〔fɔrm〕*n.* 形式　　record〔'rɛkɚd〕*n.* 唱片
  popular music 流行音樂 (= *pop music*)
  romantic〔ro'mæntɪk〕*adj.* 浪漫的
  adventure〔əd'vɛntʃɚ〕*n.* 冒險

*　　　　　*　　　　　*

　　關於空間，我們有不同的想法。北美洲人說話時，喜歡彼此相隔
約十八到二十呎地站著。而很多來自其他國家的人說話時，喜歡站在
相隔十二到十四呎遠的地方。當北美洲人和來自這些國家的人說話
時，他們兩個人都很不自在。北美洲人覺得這個人試著建立太過於親
密的關係；另一個人覺得北美洲人太冷淡。北美洲人隨身攜帶著「距
離」。當他排隊時，如果可能的話，他會離前後的人約十八呎遠。當
他在公車上時，他會試著找一個離其他每個人都很遠的位子。在許多
國家，人們等公車或等待電影開場時並不會排隊。他們成群地站著。
當他們坐在公車上時，他們會坐得離彼此很近。

* space〔spes〕*n.* 空間；距離　　apart〔ə'pɑrt〕*adv.* 分開地
  uneasy〔ʌn'izɪ〕*adj.* 不自在的　　intimate〔'ɪntəmɪt〕*adj.* 親密的

> *stand in line* 排隊
> unfriendly ﹝ʌn'frɛndlɪ﹞ *adj.* 不友善的；冷淡的
> possible ﹝'pɑsəbḷ﹞ *adj.* 可能的 *stay away from* 遠離
> *line up* 排隊 *in a group* 成群地

二、回答問題

問題 1：介紹你的兄弟姐妹其中之一。

【回答範例 1】 我有個哥哥叫做麥克。

他的小名是米奇。

他非常外向又靈活。

米奇也很幽默和機靈。

他在學校非常受歡迎。

我很幸運有個像他一樣的哥哥。

* introduce ﹝ˌɪntrə'djus﹞ *v.* 介紹
　nickname ﹝'nɪkˌnem﹞ *n.* 綽號；小名
　outgoing ﹝'autˌgoɪŋ﹞ *adj.* 外向的
　athletic ﹝æθ'lɛtɪk﹞ *adj.* 像運動員的；靈活的
　humorous ﹝'hjumərəs﹞ *adj.* 幽默的
　witty ﹝'wɪtɪ﹞ *adj.* 富機智的；機靈的
　sibling ﹝'sɪblɪŋ﹞ *n.* 兄弟姐妹

【回答範例 2】 我沒有兄弟姐妹。

我是獨生子。

我是有幾個很棒的堂兄弟姐妹。

有一個堂哥就像我的親哥哥一樣。

我們有很多共同點。

我們是同甘共苦的親密夥伴。

* *only child* 獨生子 terrific ﹝tə'rɪfɪk﹞ *adj.* 極好的
　cousin ﹝'kʌzn̩﹞ *n.* 表、堂兄弟姊妹
　have a lot in common 有很多共同點
　buddy ﹝'bʌdɪ﹞ *n.* 夥伴
　through thick and thin 同甘共苦；在任何情況下

問題 2：　使用電腦的優點是什麼？

【回答範例】　電腦又快速又方便。
　　　　　　　它幫助我寫功課。
　　　　　　　我可以在網路上做研究。

　　　　　　　它幫助我和朋友保持聯絡。
　　　　　　　我可以幫我的父母找很多資訊。
　　　　　　　它甚至可以糾正我的拼字和文法。

　　　　* advantage〔əd'væntɪdʒ〕n. 優點；好處
　　　　　 do research 做研究
　　　　　 Web〔wɛb〕n. 網路（= *Internet*）
　　　　　 keep in touch with sb. 與某人保持聯絡
　　　　　 correct〔kə'rɛkt〕v. 糾正；更正
　　　　　 spelling〔'spɛlɪŋ〕n. 拼字
　　　　　 grammar〔'græmɚ〕n. 文法

問題 3：　除了英文之外，你對哪個科目有興趣？

【回答範例】　我對歷史有興趣。
　　　　　　　我特別喜歡古代史。
　　　　　　　學習關於過去的事情就像在讀故事。

　　　　　　　我也喜歡數學的挑戰。
　　　　　　　我喜歡使用公式和計算。
　　　　　　　解題和證明理論很有趣。

　　　　* subject〔'sʌbdʒɪkt〕n. 科目
　　　　　 ancient〔'enʃənt〕adj. 古代的
　　　　　 past〔pæst〕n. 過去　　challenge〔'tʃælɪndʒ〕n. 挑戰
　　　　　 formula〔'fɔrmjələ〕n. 公式
　　　　　 calculation〔͵kælkjə'leʃən〕n. 計算
　　　　　 solve〔salv〕v. 解決　　prove〔pruv〕v. 證明
　　　　　 theory〔'θiərɪ〕n. 理論

問題4: 你想要擁有一台車嗎?為什麼或為什麼不?

【回答範例1】 我想要擁有一台車。

它可以幫助我逃離這個城市。

它會給我自由和冒險。

我可以有隱私。

我可以去任何想去的地方。

我再也不用搭乘擁擠的大眾運輸工具。

* own〔on〕v. 擁有　escape〔ə'skep〕v. 逃離
freedom〔'fridəm〕n. 自由
adventure〔əd'vɛntʃɚ〕n. 冒險
privacy〔'praɪvəsɪ〕n. 隱私　***no more*** 不再
crowded〔'kraʊdɪd〕adj. 擁擠的
public transportation 大眾運輸工具

【回答範例2】 絕對不想。

擁有一台車是很麻煩的事。

不值得自找麻煩。

汽車保險很貴。

保養車子不便宜。

停車位很難找。

* absolutely〔'æbsə,lutlɪ〕adv. 絕對地
hassle〔'hæsl〕n. 麻煩的事;費力的事
worth〔wɝθ〕adj. 值得…的
insurance〔ɪn'ʃʊrəns〕n. 保險
maintenance〔'mentənəns〕n. 維修;保養
spot〔spɑt〕n. 地點

問題5: 你最喜歡的零食是什麼?請舉一些例子。

【回答範例】 我喜歡洋芋片和爆米花。

我也喜歡巧克力和堅果。

甜甜圈和冰淇淋也很棒。

除此之外，我也喜歡夜市小吃。

蚵仔煎很美味。

鹽酥雞也很好吃。

* **potato chip** 炸馬鈴薯片；洋芋片
  nut〔nʌt〕*n.* 堅果   **night market** 夜市
  doughnut〔'do‚nʌt〕*n.* 甜甜圈
  snack〔snæk〕*n.* 小吃；點心
  oyster〔'ɔɪstɚ〕*n.* 蚵；牡蠣
  omelet〔'ɑmlɪt〕*n.* 煎蛋捲   **oyster omelet** 蚵仔煎
  fried salty chicken 鹽酥雞
  yummy〔'jʌmɪ〕*adj.* 好吃的

【常見夜市小吃】

squid thick soup 花枝羹   sour and spicy soup 酸辣湯

fish ball soup 魚丸湯   four herbs soup 四神湯

pig blood cake 豬血糕   round dumpling with meat 肉圓

bowl steamed flour cake 碗粿   stinky tofu 臭豆腐

oyster thin noodles 蚵仔麵線

stew ribs with herbs 藥燉排骨   fried rice noodles 炒米粉

tofu pudding 豆花   shaved ice 剉冰

pearl milk tea 珍珠奶茶   papaya milk 木瓜牛奶

問題 6： 哪個國家最吸引你？爲什麼？

【回答範例】 美國是我的第一選擇。

它的文化似乎很迷人。

那裡的人似乎很有趣也很友善。

我想看令人驚嘆的景色。

我想吃獨特的食物。

我喜歡探索任何新奇的事物。

* attract 〔 ə'trækt 〕 v. 吸引
  fascinating 〔 'fæsn̩,etɪŋ 〕 adj. 迷人的
  breathtaking 〔 'brɛθ,tekɪŋ 〕 adj. 令人驚嘆的
  landscape 〔 'læn(d)skep 〕 n. 風景;景色
  unique 〔 ju'nik 〕 adj. 獨一無二的;獨特的
  explore 〔 ɪk'splor 〕 v. 探險;探索

問題7： 你們家的人會分擔家務嗎?如何分擔?

【回答範例】 是的,我們都一起合作。
每個家庭成員都有一項雜務。
我必須掃地,以及把垃圾拿出去。

我姐姐要擺餐具,還要收拾桌子跟洗碗。
我媽媽要煮菜和洗衣服。
爸爸要照顧車子和我們的狗。

* member 〔 'mɛmbɚ 〕 n. 成員
  pitch in 一起投入;合作
  chore 〔 tʃor 〕 n. 雜務;家事　　*sweep the floor* 掃地
  garbage 〔 'gɑrbɪdʒ 〕 n. 垃圾　　*set the table* 擺餐具
  clear the table 收拾桌子　　*wash the dishes* 洗碗
  do the laundry 洗衣服　　*take care of* 照顧

問題8： 你想當醫生嗎？為什麼或為什麼不?

【回答範例1】 是的,我想當醫生。
那是一個非常值得做的職業。
我想服務生病和窮苦的人。

醫療事業是一種挑戰。
我希望能了解所有的生物學上的奇蹟。
拯救人命是一項神聖的使命。

* worthwhile 〔 'wɝθ'hwaɪl 〕 adj. 值得做的
  profession 〔 prə'fɛʃən 〕 n. 職業
  serve 〔 sɝv 〕 v. 服務　　*the needy* 窮苦的人

medical (ˈmɛdɪkl̩) *adj.* 醫學的；醫療的
career (kəˈrɪr) *n.* 職業；生涯
miracle (ˈmɪrəkl̩) *n.* 奇蹟
biology (baɪˈɑlədʒɪ) *n.* 生物學
sacred (ˈsekrɪd) *adj.* 神聖的
mission (ˈmɪʃən) *n.* 任務；使命

【回答範例 2 】不，我不想當醫生。
那是一份壓力非常大的職業。
對我來說犧牲太大了。

醫療業是非常危險的。
每天都有新的傳染病。
醫生自己有時候也處在極度危險之中。

* stress (strɛs) *n.* 壓力 (= *pressure*)
sacrifice (ˈsækrəˌfaɪs) *n.* 犧牲
risky (ˈrɪskɪ) *adj.* 冒險的；危險的
contagious (kənˈtedʒəs) *adj.* 傳染的
disease (dɪˈziz) *n.* 疾病　　***in danger*** 在危險中

問題 9：　當你有困難時，你會先找誰求助？

【回答範例】我經常先找我媽媽求助。
她是個很棒的聽衆。
她總是給予極好的勸告。

我媽媽從來不會讓我失望。
她是爲我解決疑難雜症的人。
不管什麼事情，我永遠都可以依賴她。

* ***be in trouble*** 有麻煩；有困難
turn to *sb*. 向某人求助　　advice (ədˈvaɪs) *n.* 勸告
let *sb*. ***down*** 使某人失望
troubleshooter (ˈtrʌblˌʃutɚ) *n.* 解決困難的人
　　(↔ *troublemaker* 麻煩製造者；惹事者)
rely on 依賴 (= *depend on*)

問題 10： 你今天早餐吃什麼？

【回答範例】 今天早上我吃了一個鮪魚三明治。

我喝了一盒果汁。

我還吃了一個水煮蛋。

我有時會在麥當勞裡吃早餐。

或者我會喝豆漿、吃饅頭，和稀飯。

有時候我會在便利商店買牛奶和飯糰。

* tuna〔ˋtunə〕n. 鮪魚　　carton〔ˋkɑrtn̩〕n. 紙盒
  boiled〔bɔɪld〕adj. 煮熟的
  now and then 有時（= sometimes）
  soybean milk 豆漿　　**steamed bun** 饅頭
  rice soup 粥；稀飯　　**rice ball** 飯糰

三、看圖敘述

這兩個女孩正在逛街購物。她們提著剛買的東西。

她們看起來很愉快。她們兩個人笑得很開心。

這兩個親密的朋友正走出一家店。她們正走下人行道的邊緣，打算要過馬路。

她們對自己新買的東西感到很高興，也很興奮。她們兩個人的手中都提著兩個袋子。

* **do some shopping** 購物　　item〔ˋaɪtəm〕n. 物品；東西
  enjoy oneself 過得快樂　　delight〔dɪˋlaɪt〕n. 高興
  curb〔kɝb〕n.（車道和人行道之間）邊緣；邊石
  purchase〔ˋpɝtʃəs〕n. 購買；購買的東西

全民英語能力分級檢定測驗

中級英語檢定複試測驗③詳解

寫作能力測驗

一、中譯英

失敗並不可恥。每個人偶爾都有失敗的時候。我們只是人，而失敗是人類經驗的一部份。只有在我們放棄的時候，失敗才會變得很悲慘。如果我們可以從錯誤中學習，那失敗也可以是成功的一部份。事實上，成功的秘訣來自失敗。遇到失敗時，我們不需要失望。我們所必須要做的是自我檢討、再試一次。

Failure is nothing to be ashamed of. Everybody fails now and then. We are only human and failure is part of the human experience. Failure becomes tragic only when we give up. If we can learn from our mistakes, failure can then become part of our success. In fact, success comes from failure. We need not be disappointed when we meet failure. What we must do is to reflect on ourselves and try again.

* failure (ˈfeljɚ) *n.* 失敗　***be ashamed of*** 以~爲恥
  fail (fel) *v.* 失敗　　***now and then*** 偶爾
  tragic (ˈtrædʒɪk) *adj.* 悲慘的　***give up*** 放棄
  disappointed (ˌdɪsəˈpɔɪntɪd) *adj.* 失望的
  reflect (rɪˈflɛkt) *v.* 反省 < on >

二、英文作文

A Special Experience Aboard a Ship

I am very lucky in that my family often has the opportunity to travel together. My parents take my sister and me abroad nearly every year. We have traveled by car, plane, bus, train, even camel! But the most special experience I have had was on board a ship.

Two years ago my family took a cruise. I couldn't believe the size of the ship. It was several stories tall and over 300 meters long. Needless to say, there was a lot to do aboard the ship. We enjoyed playing in the swimming pools, going to live shows and movies and, of course, making excursions ashore. But perhaps the most impressive thing on board the ship was the food. It was delicious and plentiful, and it was there 24 hours a day. My family and I enjoyed our cruise so much that we didn't want it to end. I wished I could live on that ship forever.

---

* aboard〔ə'bord〕*prep.* 在～（交通工具）上（= *on board*）
in that 因爲（= *because*）　　abroad〔ə'brɔd〕*adv.* 在國外
camel〔'kæml〕*n.* 駱駝　　cruise〔kruz〕*n.* 巡航；漫遊
take a cruise 搭遊艇出遊　　story〔'storɪ〕*n.* 樓層
needless to say 不用說　　live〔laɪv〕*adj.* 現場的
excursion〔ɪk'skɝʃən〕*n.* 遠足；短程旅行
ashore〔ə'ʃor〕*adv.* 岸上地；陸地上地
impressive〔ɪm'prɛsɪv〕*adj.* 令人印象深刻的；令人難忘的
plentiful〔'plɛntɪfəl〕*adj.* 豐富的；充裕的

口説能力測驗

一、朗讀短文

　　復活節在春天，通常在四月。這是個歡樂的宗教節日，在這一天，許多教堂會在日出時舉行戶外禮拜。孩童和他們的父母會在復活節前將水煮蛋上色。彩蛋會在星期六的深夜，或是星期天的早晨被藏起來，而孩童會在星期天的時候尋找復活節彩蛋。通常也有小糖果，或許還有大的巧克力蛋，會和眞的彩蛋一起被藏起來。小孩相信，是復活兔來了，並留下彩蛋給他們。每年到了這個時候，冬天將盡，天氣越來越暖和。許多人會買新的春裝，並在復活節時第一次穿上。

　　* ***Easter Sunday*** 　復活節 (= *Easter Day*)
　　church 〔 tʃɝtʃ 〕 *adj.* 宗教的 (尤指基督教) 　*n.* 教堂；教會
　　service 〔ˋsɝvɪs 〕 *n.* 禮拜；儀式　　sunrise 〔ˋsʌn͵raɪz 〕 *n.* 日出
　　hard-boiled egg 　水煮蛋　　　***along with*** 　和…一起
　　bunny 〔ˋbʌnɪ 〕 *n.* 小兔子；兔寶寶　　***for the first time*** 　第一次

　　　　　　　　*　　　　　　　　*　　　　　　　　*

　　十一月的第四個星期四是感恩節。美國第一次慶祝這個節日，是在三百五十年以前。當第一批英國人在1620年到新英格蘭時，他們的第一年過得非常辛苦。冬天比他們所習慣的還冷，於是許多人死了。幸運的是，那裡有許多鳥類、動物，和魚類可以吃，而且印地安人也幫助他們。第一年過後，他們爲了感謝上帝幫助他們平安度過這一年，於是宣佈一天爲感恩節。印地安人也被邀請，來參加這個火雞和鹿肉的盛宴。在今日，火雞仍然是傳統的感恩節菜餚。

　　* ***New England*** 　新英格蘭【美國東北部六州的總稱，包含
　　　　Connecticut、Maine、Massachusetts、New Hampshire、
　　　　Rhode Island 及 Vermont】　　***be used to*** 　習慣於～
　　declare 〔 dɪˋklɛr 〕 *v.* 宣佈
　　see *sb.* ***through*** 　幫助某人度過 (難關)　　feast 〔 fist 〕 *n.* 盛宴
　　traditional 〔 trəˋdɪʃən̩l 〕 *adj.* 傳統的　　dish 〔 dɪʃ 〕 *n.* 菜餚

二、回答問題

問題1: 當你犯錯時,你的父母會做什麼?

【回答範例1】 一般來說,我的父母很體諒我。

他們知道我的錯誤不是故意的。

他們通常很快就原諒我。

他們很少發脾氣。

他們會試著跟我講道理。

他們會要我避免再犯同樣的錯。

* *make a mistake* 犯錯

in general 一般來說 (= *generally*)

understanding 〔͵ʌndɚˋstændɪŋ 〕*adj.* 體諒的

error 〔ˋɛrɚ 〕*n.* 錯誤 (= *mistake*)

deliberate 〔 dɪˋlɪbərɪt 〕*adj.* 故意的

lose one's temper 發脾氣

reason 〔ˋrizn̩ 〕*v.* 論理;講道理

avoid 〔 əˋvɔɪd 〕*v.* 避免　repeat 〔 rɪˋpit 〕*v.* 重複

【回答範例2】 他們通常會生氣。

我經常被罵。

但是過一會兒,他們就會平靜下來。

他們有時候會發脾氣。

但是他們很少大吼大叫。

我很幸運從來沒被打過。

* upset 〔 ʌpˋsɛt 〕*adj.* 不高興的;生氣的;難過的

scold 〔 skold 〕*v.* 責罵　*after a while* 過一會兒

settle down 平靜下來

scream 〔 skrim 〕*v.* 尖叫;大叫 (= *yell*)

beat 〔 bit 〕*v.* 打【三態變化為:beat-beat-beaten】

問題 2：　如果你當了爸媽，你會逼你的小孩學習演奏樂器嗎？

【回答範例】　絕對不會。
　　　　　　我會讓他們選擇。
　　　　　　我會鼓勵他們嘗試。

　　　　　　我會讓他們接觸音樂。
　　　　　　我會讓他們嘗試樂器。
　　　　　　要不要學音樂由他們自己選擇。

　　* instrument (ˈɪnstrəmənt) *n.* 樂器 (= *musical*
　　　　instrument)
　　　play an instrument 演奏樂器
　　　absolutely (ˈæbsəˌlutlɪ) *adv.* 絕對地
　　　encourage (ɪnˈkɝɪdʒ) *v.* 鼓勵
　　　expose (ɪkˈspoz) *v.* 暴露；使接觸 < *to* >

問題 3：　你認為自己有何種才能？

【回答範例】　我的強項是我的 EQ。
　　　　　　我和任何人都可以相處得很好。
　　　　　　我是個懂得變通的人。

　　　　　　我非常隨和。
　　　　　　我不太挑剔或固執。
　　　　　　我很容易溝通。

　　* talent (ˈtælənt) *n.* 天份；才能
　　　strength (strɛnθ) *n.* 長處；優點
　　　EQ 情緒指數 (= *Emotional Quotient*)
　　　get along with *sb.* 與某人處得好
　　　flexible (ˈflɛksəbl̩) *adj.* 有彈性的；能變通的
　　　easygoing (ˈiziˌgoɪŋ) *adj.* 隨和的；隨遇而安的
　　　picky (ˈpɪkɪ) *adj.* 挑剔的
　　　stubborn (ˈstʌbən) *adj.* 固執的

問題 4：　你同不同意高中就交男女朋友？

【回答範例 1】我認為完全沒問題。

喜歡別人是很正常的。

與異性交往是成長中很自然的一部分。

要視每個人的情況而定。

如果不會影響成績，交往是可以的。

健康的交往是正向的經驗。

* perfectly〔'pɝfɪktlɪ〕adv. 完全地
  normal〔'nɔrml̩〕adj. 正常的
  date〔det〕v. 交往；約會
  natural〔'nætʃərəl〕adj. 自然的　　*depend on*　視～而定
  individual〔͵ɪndə'vɪdʒʊəl〕n. 個人
  affect〔ə'fɛkt〕v. 影響
  positive〔'pɑzətɪv〕adj. 正向的；正面的

【回答範例 2】我反對青少年約會。

高中生還沒準備好。

我們優先該做的是讀書。

學生還不夠成熟。

與異性交往有許多潛在的危機。

等到大學以後比較好。

* oppose〔ə'poz〕v. 反對
  teen〔tin〕n. 青少年（= *teenager*）
  priority〔praɪ'ɔrətɪ〕n. 優先
  mature〔mə'tjur〕adj. 成熟的
  potential〔pə'tɛnʃəl〕adj. 可能的；潛在的
  pitfall〔'pɪt͵fɔl〕n. 易犯的錯誤；意想不到的困難；陷阱

問題 5：　你喜歡夏天嗎？為什麼喜歡或為什麼不喜歡？

【回答範例 1】夏天是我最喜歡的季節。

我喜歡在戶外享受陽光。

我經常去游泳、健行，和購物。

我也很珍惜假期。
那是放鬆的好機會。
我有更多的時間可以做我想做的事。

* appreciate〔əˈpriʃɪˌet〕*v.* 珍惜；重視

【回答範例2】我不喜歡夏天。
我真的很討厭熱。
夏天對我來說太熱太悶了。

紫外線很危險。
濕氣也令人無法忍受。
沒有冷氣我幾乎無法活下去。

* abhor〔əbˈhɔr〕*v.* 討厭；憎恨（ = *hate* = *dislike* ）
　sticky〔ˈstɪkɪ〕*adj.* 黏黏的；悶熱的
　U.V. rays 紫外線（ = *ultraviolet rays* ）
　ultraviolet〔ˌʌltrəˈvaɪəlɪt〕*adj.* 紫外線的
　humidity〔hjuˈmɪdətɪ〕*n.* 潮濕；溼度
　unbearable〔ʌnˈbɛrəbḷ〕*adj.* 無法忍受的
　cannot live without ~　不能沒有~
　A.C. 冷氣（ = *air conditioning* ）

問題6： 你曾經想過要減重嗎？為什麼想或為什麼不想？

【回答範例】當然，尤其是冬季期間。
假期和寒冷的天氣總是讓我變胖。
那是因為我吃得比較多，運動量減少。

當我的褲子變得太緊時，我總是決心要減肥。
我會避免卡路里很高的食物。
我會吃少一點，運動多一點。

* consider〔kənˈsɪdɚ〕*v.* 考慮　　***lose weight*** 減重
　gain weight 增重；變胖（ = *put on weight* ）
　tight〔taɪt〕*adj.* 緊的　　calorie〔ˈkælərɪ〕*n.* 卡路里

問題7： **你以前曾經失眠嗎？你怎麼做？**

【回答範例】 有的，好幾次，但只是偶爾。

通常發生在交作業或是考試前夕。

我想那是因為壓力和緊張。

當這種情況發生時，我試著稍微改變我的生活方式。

我會在上床睡覺前喝一些熱牛奶。

在那之後我就沒有失眠的問題了。

* ***have trouble + V-ing*** 做～有困難

    (= *have difficulty + V-ing*)

    on occasion 偶爾 (= *occasionally*)

    deadline〔'dɛd,laɪn〕*n.* 最後期限

    assignment〔ə'saɪnmənt〕*n.* 作業；任務

    be due to 由於   stress〔strɛs〕*n.* 壓力

    nervousness〔'nɝvəsnɪs〕*n.* 緊張   ***a bit*** 稍微

問題8： **你有自己的房間，或是和兄弟姐妹一起同住一個房間呢？**

【回答範例1】 很幸運的，我有屬於自己的房間。

我不必和任何人同住。

我可以有自己的私人空間。

在整個家中，我的房間是我最喜歡的地方。

它很舒適、隱密，而且完全屬於我。

所有我想要的東西，電腦、電視等等都有。

* sibling〔'sɪblɪŋ〕*n.* 兄弟姐妹

    to oneself 只給自己；屬於自己的

    personal〔'pɝsṇl〕*adj.* 個人的；私人的

    cozy〔'kozɪ〕*adj.* 舒適的 (= *comfortable*)

    private〔'praɪvɪt〕*adj.* 私人的；隱密的

【回答範例2】　我們的公寓沒有足夠的房間。

所以我必須和我姐姐共用一個房間。

但是我的父母把房間打造成女孩子的小天堂。

我們的房間裡有兩張單人床、兩個衣櫃，和一個
梳妝台。

我們用玩偶和裝飾品裝飾我們的房間。

我們可以一起分享我們的寶物和秘密。

* paradise〔'pærə,daɪs〕n. 天堂　　***twin beds*** 兩張單人床
closet〔'klɑzɪt〕n. 衣櫥　　***dressing table*** 梳妝台
decorate〔'dɛkə,ret〕v. 裝飾
ornament〔'ɔrnəmənt〕n. 裝飾品
treasure〔'trɛʒɚ〕n. 寶物　　secret〔'sikrɪt〕n. 秘密

問題9：　你喜歡西式速食嗎？爲什麼喜歡或爲什麼不喜歡？

【回答範例】　有時候我覺得很好吃。

有時候吃起來又膩又無味。

我絕對無法天天吃。

西式速食很方便。

然而，它缺少變化，而且不夠營養。

很容易厭倦。

* boring〔'borɪŋ〕adj. 令人厭膩的
bland〔blænd〕adj. 無味的；無刺激性的
definitely〔'dɛfənɪtlɪ〕adv. 一定；必定
lack〔læk〕v. 缺少
variety〔və'raɪətɪ〕n. 變化；多樣化
nutritious〔nju'trɪʃəs〕adj. 有營養的
get tired of 厭倦

問題10：　颱風會爲我們的島嶼帶來什麼？請解釋。

【回答範例】　颱風會帶來強風豪雨。

可能會造成水災和土石流。

那意味著危險和破壞。

財產和農作物會遭到破壞。

食物的價格會上漲。

人們會受苦，有些人甚至會失去性命。

* typhoon〔taɪˋfun〕*n.* 颱風

heavy rain 大雨　　cause〔kɔz〕*v.* 造成

flooding〔ˋflʌdɪŋ〕*n.* 淹水；水災

mudslide〔ˋmʌd͵slaɪd〕*n.* 土石流

destruction〔dɪˋstrʌkʃən〕*n.* 破壞；毀滅

property〔ˋprɑpətɪ〕*n.* 財產　　crop〔krɑp〕*n.* 農作物

destroy〔dɪˋstrɔɪ〕*v.* 破壞；毀滅

rise〔raɪz〕*v.* 上漲　　suffer〔ˋsʌfə〕*v.* 受苦

三、看圖敘述

這看起來像是孩童的遊樂區，也許是在商場裡或是購物中心裡。

這裡有一個小男孩和世界聞名的聖誕老人。男孩坐在聖誕老人的膝上，告訴他自己想要什麼聖誕禮物。

這裡有一個巨大的玩偶、一個高大的玩具兵，還有到處都有很多糖果裝飾品。現在一定是十二月，接近聖誕節期間。照片中的聖誕老人有長長的白鬍子、聖誕老人裝，以及大大的黑色靴子，看起來頗像真正的聖誕老人。這個男孩沒在笑。可能坐在聖誕老人的膝上，讓他感到有點緊張。

* *play area* 遊樂區　　lap〔læp〕*n.* 膝上

soldier〔ˋsoldʒə〕*n.* 軍人；士兵

decoration〔͵dɛkəˋreʃən〕*n.* 裝飾（品）　　*all over* 到處

close to 接近　　authentic〔ɔˋθɛntɪk〕*adj.* 真正的

beard〔bɪrd〕*n.* 鬍子　　boots〔buts〕*n. pl.* 靴子

全民英語能力分級檢定測驗

中級英語檢定複試測驗④詳解

寫作能力測驗

一、中譯英

中秋節適逢農曆八月十五。在那天晚上，月亮彷彿比平常更大、更亮、更圓。除了吃月餅的習慣外，現在有許多人喜歡在中秋節晚上烤肉。對中國人而言，這是個全家團圓的日子，可是，很可惜我晚上還要上課，不能在家賞月。

Mid-Autumn Festival falls on the fifteenth day of the eighth month of the lunar calendar. On that night, the moon seems to be bigger, brighter and fuller than usual. Besides the custom of eating moon cakes, many people now enjoy a barbecue on the night of the Moon Festival. For Chinese, this is a day for family reunions; however, it is a pity that I have to attend a class at night and cannot stay at home enjoying the moon.

> * *fall on* 適逢　　*lunar calendar* 農曆　　*than usual* 比平常
> custom〔ˈkʌstəm〕*n.* 習俗　　*moon cake* 月餅
> barbecue〔ˈbɑrbɪ͵kju〕*n.* 烤肉　　reunion〔riˈjunjən〕*n.* 團聚
> pity〔ˈpɪtɪ〕*n.* 可惜的事　　attend〔əˈtɛnd〕*v.* 上（課）

二、英文作文

The Influence of the Internet on Our Lives

There is no denying that the Internet is a powerful force in our lives today. It has brought great changes in the way we do business, learn and communicate. *For example*, it is now possible to find and buy many products on the Internet. This is often more convenient and much cheaper than going to a store. We can also find a lot of useful information or even take college courses online. *Finally*, we can communicate with people around the world easily, quickly and inexpensively.

Despite all these advantages, *there are some drawbacks* to the Internet that we must be aware of. *For one thing*, many people have become addicted to the Internet. They would rather spend their time playing online games or chatting with strangers than work or socialize with people face to face. *Another problem is* that of online fraud. Some people use the Internet to cheat others out of their money. *Overall*, the Internet has had a positive influence on our society, but we must beware of its dangers.

* influence (ˈɪnfluəns) *n.* 影響　　force (fors) *n.* 力量
There is no denying that~ 不可否認~　　*be aware of* 知道
for one thing 一來；首先
addict (əˈdɪkt) *v.* 使上癮；使沉迷 < *to* >
would rather~*than*… 寧願~而不願…
socialize (ˈsoʃəˌlaɪz) *v.* 社交；交際 < *with* >
fraud (frɔd) *n.* 詐騙　　*cheat sb. out of*~ 騙走某人的~
overall (ˌovəˈɔl) *adv.* 整體而言　　beware (bɪˈwɛr) *v.* 小心 < *of* >

口説能力測驗

一、朗讀短文

　　慶祝農曆新年不是在一月就是在二月。所有的家庭成員都必須回家一起大吃一頓。大人會給自己的父母和小孩裝著錢的紅包。在中國的文化裡，紅色是幸運的顏色。紅包會為送紅包的人和收紅包的人帶來好運。此外，人們會穿新衣、在自家門前貼上春聯，以及放鞭炮。根據古老的傳說，放鞭炮是為了嚇走名字叫做年的怪獸。

> * *either…or~* 不是…就是~　　feast〔fist〕*v.* 飽餐；大吃
> *red envelope* 紅包　　*in addition* 此外
> stick〔stɪk〕*v.* 黏貼　　couplet〔ˈkʌplɪt〕*n.*（詩）對句
> *red-paper couplet* 春聯　　*set off* 燃放
> firecrackers〔ˈfaɪrˌkrækəz〕*n. pl.* 鞭炮　　*according to* 根據
> traditional〔trəˈdɪʃənḷ〕*adj.* 古老的
> legend〔ˈlɛdʒənd〕*n.* 傳說　　*scare away* 嚇走
> monster〔ˈmɑnstə〕*n.* 怪物

＊　　　　　＊　　　　　＊

　　端午節在農曆的五月五日，是中國最重要的節慶之一。這是為了紀念屈原，戰國時代楚王手下的大臣，他在數千年前的這一天投汨羅江自盡。因為他是個傑出的詩人，所以我們也把這一天稱為詩人節。如同節日名稱所表示的，許多地區在這一天也會舉辦龍舟賽。在這一天，另一個受歡迎的風俗習慣是吃糯米粽。現在，各式各樣的粽子都買得到。

> * *Dragon-Boat Festival* 龍舟節；端午節
> *in memory of* 為了紀念~　　minister〔ˈmɪnɪstə〕*n.* 大臣
> service〔ˈsɝvɪs〕*n.* 服務；效勞　　emperor〔ˈɛmpərə〕*n.* 皇帝
> *the Warring States Period* 戰國時代　　drown〔draʊn〕*v.* 淹死
> poet〔ˈpo·ɪt〕*n.* 詩人　　suggest〔sə(g)ˈdʒɛst〕*v.* 建議；表示
> race〔res〕*n.* 競賽　　glutinous〔ˈglutɪnəs〕*adj.* 黏的
> *glutinous rice* 糯米

dumpling〔'dʌmplɪŋ〕*n.* 呈塊狀或糰狀的食物

【如粽子 rice dumpling、水餃 boiled dumpling、鍋貼 fried dumpling、

蒸餃 steamed dumpling、湯圓 rice-flour dumpling、元宵 full-moon

dumpling、肉圓 round dumpling with meat 等】

a (wide) variety of 各式各樣的

二、回答問題

問題 1： 你曾經參加過派對嗎？請敘述你的經驗。

【回答範例】 是的，我參加過好幾個。

我們學校舉辦過特別派對。

我們家有時候會舉辦假日派對。

在學校的派對上，我們總是唱歌、跳舞，有時會交

換禮物和玩遊戲。

在家族派對上，我們經常邊吃大餐邊聊天，然後晚

一點會拍很多照片或是唱歌。

總之，我非常喜歡這些派對。

* attend〔ə'tɛnd〕*v.* 參加　　have〔hæv〕*v.* 舉辦

hold〔hold〕*v.* 舉辦　　exchange〔ɪks'tʃendʒ〕*v.* 交換

in a word 一言以蔽之；簡言之

問題 2： 請敘述你有過的一次野餐經驗。

【回答範例】 曾經我們班在一條小溪附近有一次很棒的野餐。

那天有一點風，不會太熱，是很適合出遊的天氣。

四周環境很棒。

我們烤了好吃的肉。

我們也喝了很多飲料跟吃了很多水果。

有些人還穿泳裝打水仗。

* creek〔krik〕*n.* 小溪　　perfect〔'pɝfɪkt〕*adj.* 適合的

outing〔'aʊtɪŋ〕*n.* 遠足；郊遊

surroundings〔sə'raʊndɪŋz〕*n. pl.* 環境

swimsuit〔'swɪm,sut〕*n.* 泳裝　　*water fight* 打水仗

問題 3：　許多人喜歡到 KTV 唱歌。你認為如何？

【回答範例 1】　我愛去 KTV 唱歌。

KTV 有各式各樣的歌曲可選擇。

服務和隱密感也很棒。

我喜歡和朋友去 KTV。

那是個聚會的好地方。

我們可以盡情地唱歌。

* offer〔'ɔfə〕*v.* 提供；有
  a (wide) selection of 各種選擇的
  privacy〔'praɪvəsɪ〕*n.* 隱私；隱密
  gathering〔'gæðərɪŋ〕*n.* 聚會 (= *get-together*)
  content〔kən'tɛnt〕*n.* 滿足
  to one's heart's content 盡情地

【回答範例 2】　我不喜歡 KTV。

我愛唱歌，但是我不喜歡在 KTV 唱歌。

那裡讓我感覺很不自在。

一來，那裡又擁擠又吵雜。

二來，那裡很貴。

我比較喜歡在自己家裡唱歌。

* *one's kind of ~* 某人喜歡的~
  at home 舒適；自在 (= *comfortable*)
  for one thing 一則；一來 (= *first*)
  for another 再則；二來 (= *second*)

問題 4：　你曾經去過遊樂園嗎？請敘述你的經驗。

【回答範例】　我去過很多座。

遊樂園是快樂的地方。

好玩又刺激。

雲霄飛車和摩天輪是我的最愛。

我一直都很喜歡刺激的遊樂設施。

我熱愛感受恐懼和刺激。

* **amusement park** 遊樂園　　　**roller coaster** 雲霄飛車
Ferris wheel 摩天輪　　thrilling〔'θrɪlɪŋ〕*adj.* 刺激的
ride〔raɪd〕*n.* 遊樂設施　　scared〔skɛrd〕*adj.* 恐懼的

問題 5：　當你看到朋友不快樂時，你會怎麼做？

【回答範例】 我會問他或她想不想談一談。

我會試著當個好聽眾。

同情和體諒是關鍵。

我可能也會建議去散步。

愉快地一邊散步一邊談話會有幫助。

把煩惱說出來總是會比較好一點。

* compassion〔kəm'pæʃən〕*n.* 同情；憐憫
key〔ki〕*n.* 關鍵　　**air out** 說出來（= *express*）

**問題 6：　如果你可以回到過去，你會選擇回到人生中的哪個
時期？**

【回答範例 1】 我要回到我七歲的那一年。

我小學一年級的那一年很棒。

我的煩惱很少，生活無憂無慮。

我一點學業壓力也沒有。

我非常快樂和天真。

玩樂是我唯一關心的事。

* period〔'pɪrɪəd〕*n.* 時期
carefree〔'kɛr,fri〕*adj.* 無憂無慮的
no…at all 完全沒有…；一點也不…
academic〔,ækə'dɛmɪk〕*adj.* 學業的
totally〔'totḷɪ〕*adv.* 完全地　　naïve〔na'iv〕*adj.* 天真的
concern〔kən's ɜ n〕*n.* 關心的事

【回答範例2】我要回到前年。

我們全家搬進新家。

我真的很喜歡所有新的事物。

除此之外，我遇到一個我很喜歡的人。

我們有美好的時光。

我真的很想再重新體驗這些甜蜜的回憶。

* *the year before last* 前年

relive〔rɪˋlɪv〕*v.* 重新體驗；再過一次～的生活

問題7：　你比較喜歡要求多又嚴厲的老師，還是管得少又不給
壓力的老師？

【回答範例1】我想要要求多又嚴厲的老師。

我不害怕努力用功。

老師越嚴苛，我就學得越多。

我知道未來不會是輕鬆的。

我想立刻做好準備脫穎而出。

我需要挑戰來進步。

* demanding〔dɪˋmændɪŋ〕*adj.* 要求多的；嚴厲的

strict〔strɪkt〕*adj.* 嚴厲的(= *firm* = *stern* = *harsh* = *severe*)

lenient〔ˋlɪnɪənt〕*adj.* 寬大的；鬆的

tough〔tʌf〕*adj.* 難纏的；嚴苛的

excel〔ɪkˋsɛl〕*v.* 擅長；傑出

【回答範例2】我比較喜歡管得少的老師。

我不喜歡要求多的老師。

我很成熟，足以激勵自己讀書。

我不喜歡被施壓。

我不喜歡被嘮叨，還有被告知要做什麼。

太多壓力只會讓我變得更不想讀書。

      * mature〔mə'tjʊr〕*adj.* 成熟的
      motivate〔'motə,vet〕*v.* 激勵；鼓勵；使（學生）產生
       學習的動力
      pressure〔'prɛʃə〕*v.* 施壓；強迫 *n.* 壓力
      nag〔næg〕*v.* 嘮叨

問題 8： **你們家很常出去用餐嗎？你們什麼時候會在外面用餐？**

【回答範例】 我們家會在特別的日子外出用餐。
      我們通常會在每個人生日的時候外出用餐。
      我們會嘗試不同的餐廳、吃各種料理。

      我們偶爾會在週末出去用餐。
      改變一下一成不變的生活是很棒的。
      媽媽也喜歡休息一下。

      * *eat out* 出去吃   occasion〔ə'keʒən〕*n.* 節日；場合
      various〔'vɛrɪəs〕*adj.* 各種的；不同的
      cuisine〔kwɪ'zin〕*n.* 烹調；菜餚
      once in a while 偶爾   break〔brek〕*n.* 休息

問題 9： **你很努力學英文，那你的中文如何呢？**

【回答範例】 中文對我來說不是個問題。
      它對我來說很容易。
      我不擔心這個科目。

      我想我的中文程度在平均以上。
      我不僅從教科書，還有從故事和小說裡學中文。
      我中文作文也寫得很好。

      * *come naturally to sb.* 對某人來說很容易
      consider〔kən'sɪdə〕*v.* 認為
      above average 平均以上
      textbook〔'tɛkst,bʊk〕*n.* 課本；教科書
      do well 做得好   composition〔,kɑmpə'zɪʃən〕*n.* 作文

問題 10：　你認為自己的房間裡有電視如何？

【回答範例 1】　我當然喜歡。

那是值得珍惜的奢侈品。

我不必跟其他人爭奪遙控器。

我可以一直看電影看到午夜。

我不必擔心會打擾到別人。

我在自己的房間裡就可以過得很愉快。

* *TV set* 電視
  absolutely〔ˋæbsə͵lutlɪ〕 *adv.* 當然；絕對地
  luxury〔ˋlʌkʃərɪ〕 *n.* 奢侈品
  cherish〔ˋtʃɛrɪʃ〕 *v.* 珍惜
  ***fight with** sb.* ***for** sth.* 與某人爭奪某物
  （＝*fight for sth. with sb.*）
  remote control 遙控（器）
  way〔we〕 *adv.* 很遠地
  past〔pæst〕 *prep.* 超過
  disturb〔dɪˋstɝb〕 *v.* 打擾

【回答範例 2】　這是個很糟糕的主意。

電視應該留在客廳裡。

它不屬於臥房。

臥房是休息的地方。

別讓電視奪走你的時間。

別讓電視毀了你的私生活。

* remain〔rɪˋmen〕 *v.* 保持；維持
  belong〔bəˋlɔŋ〕 *v.* 屬於；歸於；該在～適當的位置
  rob〔rɑb〕 *v.* 搶奪　　ruin〔ˋruɪn〕 *v.* 毀滅；破壞

三、看圖敘述

照片中的四個人顯然是一家人。這個地方看起來像迪士尼樂園，背景有灰姑娘的城堡。

他們到這個主題樂園來享受假日，並擺姿勢拍照。所有人都對著相機微笑。

他們的身後也停著一輛正在等候乘客上車的馬車。這是個陽光明媚的一天，但是遊樂園看起來不會很擁擠。可能是平常日，或是淡季期間。

* obviously〔ˈɑbvɪəslɪ〕*adv.* 顯然　　castle〔ˈkæsḷ〕*n.* 城堡
background〔ˈbæk͵graʊnd〕*n.* 背景
theme park 主題樂園；遊樂園（= *amusement park*）
pose〔poz〕*v.* 擺姿勢
horse-drawn〔ˈhɔrs͵drɔn〕*adj.* 用馬拉的
carriage〔ˈkærɪdʒ〕*n.* 馬車（= *cart*）
the off-season 淡季

全民英語能力分級檢定測驗
中級英語檢定複試測驗 ⑤ 詳解

寫作能力測驗

一、中譯英

「早起的鳥兒有蟲吃」，這句諺語告訴我們，早上早起可以使我們獲益良多。老是躺在床上浪費時間，是件可恥的事。我們需要做的事情太多了，但時間永遠不夠。此外，許多醫生認為，早餐是一天中最重要的一餐，不能不吃。沒有什麼比得上一頓既好又豐富的早餐。

"The early bird gets the worm" is a proverb which tells us

that we can profit a lot from getting up early in the morning. It is

a shame to always lie in bed and waste time. There are so many

activities for us to do but there is never enough time. Besides,

breakfast is considered by many doctors to be the most important

meal of the day and can't be missed. There is nothing better than

a nice, hearty breakfast.

* proverb〔'prɑvɝb〕 n. 諺語（= saying）
  profit〔'prɑfɪt〕 v. 獲益（= benefit）
  shame〔ʃem〕 n. 可恥的事　　hearty〔'hɑrtɪ〕 adj. 豐盛的

二、英文作文

Volunteer Work

For most people, their own welfare and that of their family is the first priority. However, once that is taken care of, there are great advantages to helping others. By volunteering, we can not only make someone else's life better but also learn and grow. Volunteer work gives us a chance to develop new skills, meet wonderful people and take on new responsibilities. Best of all, it gives us a sense of satisfaction that money can't buy.

Of course, I would like to volunteer as soon as I am able. There are many worthy causes, but the kind of work I would like to do most is with the poor. Despite the prosperity of our country, there are still many people who do not have enough to eat. With this great worry, parents find it hard to take care of their children, and children often lack the energy to learn well at school. Therefore, my first choice would be to spend time at a food bank, where anyone in need can come in for a good, healthy meal. I believe that not only will this give them immediate relief but it may also have a more lasting effect on their lives.

* welfare ('wɛl,fɛr) *n.* 福利；福祉   priority (praɪ'ɔrətɪ) *n.* 優先
 take on 承擔（工作、責任等）
 satisfaction (,sætɪs'fækʃən) *n.* 滿足；滿意
 worthy ('wɜðɪ) *adj.* 值得的
 cause (kɔz) *n.* 目標；理想   prosperity (prɑs'pɛrətɪ) *n.* 繁榮
 in need 在窮困中的   immediate (ɪ'midɪɪt) *adj.* 立即的
 relief (rɪ'lif) *n.* 減輕；救濟   lasting ('læstɪŋ) *adj.* 持久的

口説能力測驗

一、朗讀短文

　　現在是秋天。風透過落葉喃喃低語,該是離巢的時候了。整群鳥兒都遵從。我們起飛,跟隨著我們不了解的力量,飛到溫暖又明亮的土地上。但是,我們知道,有一天我們會回家,因為在這裡,我們孵化;在這裡,我們吃小昆蟲長胖;在這裡,我們學會飛翔。我們知道,我們永遠都是旅行者,是偉大循環的一部份,而我們的子子孫孫將會一直持續這個循環,直到時間的盡頭。

* whisper〔'hwɪspɚ〕*v.* 喃喃低語　　***falling leaves*** 落葉
　depart〔dɪ'part〕*v.* 出發;離開　　flock〔flɑk〕*n.*(鳥、羊)群
　obey〔ə'be〕*v.* 服從;遵從
　take to the air 起飛(*= fly = take off = take wing*)
　warmth〔wɔrmθ〕*n.* 溫暖　　hatch〔hætʃ〕*v.* 孵化
　eternal〔ɪ'tɝnḷ〕*adj.* 永遠的　　cycle〔'saɪkḷ〕*n.* 循環

　　　　　　　*　　　　　　*　　　　　　*

　　乒乓球起始於一場為了好玩而舉辦的友誼賽,沒有人知道是誰發明的。大約在 1800 年,有個美國運動用品製造商,出產了一個叫做「室內網球」的遊戲。他把「室內網球」出口給倫敦的代理商,結果「室內網球」在英國很受到歡迎。那個時候,該遊戲是在餐桌上或地板上,把網子拉緊綁在兩把椅子上來回對打。玩家所使用的是用軟木或橡膠製成的球,球上面包著軟線網,以免損害家具。球拍則是用砂紙包著。幾年之後,像今日我們所使用的空心球就被發明了。這個遊戲很快地就風靡全世界。有個來自倫敦的伍德先生,想出用布滿顆粒的橡膠把球拍包住,這樣更能控制球路。第一個在英國販賣這個遊戲的倫敦代理商把它叫做「乒乓」。「乒」是球拍打到球的聲音,而「乓」是球打到球桌的聲音。

* **_friendly game_** 友誼賽　invent〔ɪn'vɛnt〕v. 發明
  manufacturer〔ˌmænjə'fæktʃərə〕n. 製造商
  sporting goods 運動用品　produce〔prə'djus〕v. 製造；生產
  export〔ɪks'port〕v. 出口（↔ _import_ 進口）
  agent〔'edʒənt〕n. 代理商　**_dining-room table_** 餐桌
  string〔strɪŋ〕v. 拉緊【三態變化為：string-strung-strung】　n. 線
  cork〔kɔrk〕n. 軟木塞　rubber〔'rʌbə〕n. 橡膠
  cover〔'kʌvə〕v. 覆蓋 ＜_with_＞
  prevent…from～ 防止…受到～的傷害
  damage〔'dæmɪdʒ〕v. 損害　furniture〔'fɜnɪtʃə〕n. 家具
  paddle〔'pædl〕n. 球拍　sandpaper〔'sænd,pepə〕n. 砂紙
  hollow〔'hɑlo〕adj. 中空的　studded〔'stʌdɪd〕adj. 滿布顆粒的

二、回答問題

問題1： 如果你有機會可以寫一本屬於自己的書，你會選什麼
主題？

【回答範例】 我會寫自傳。
我會寫自傳。
或許我會直接出版我的日記。
我想跟我的讀者分享我所有的事情。

也許我會寫浪漫的冒險故事。
我會扮演主角。
我會英勇、無懼，又有魅力。

* **_of one's own_** 屬於自己的　topic〔'tɑpɪk〕n. 主題
  autobiography〔ˌɔtəbaɪ'ɑgrəfɪ〕n. 自傳
  publish〔'pʌblɪʃ〕v. 出版
  adventure〔əd'vɛntʃə〕n. 冒險故事
  character〔'kærɪktə〕n. 人物；角色
  leading character 主角　heroic〔hɪ'ro·ɪk〕adj. 英勇的
  fearless〔'fɪrlɪs〕adj. 勇敢的；無懼的（= _courageous_）
  irresistible〔ˌɪrɪ'zɪstəbl〕adj. 令人無法抗拒的；有魅力的

問題 2：　你認為小孩應該幾歲開始學英文？

【回答範例】　學齡前是最佳的開始時間。

越早學習越好是非常正確的。

英文要說得流利，關鍵就是提早接觸英文。

語言專家說五歲前開始學習。

那個時候的小孩已經準備好學習第二語言。

那是學習的黃金時期。

* preschool〔pri'skul〕*adj.* 學齡前的
　fluency〔'fluənsɪ〕*n.* 流利
　exposure〔ɪk'spoʒɚ〕*n.* 暴露；接觸
　expert〔'ɛkspɝt〕*n.* 專家　　prime〔praɪm〕*adj.* 最好的

問題 3：　你想成為老師嗎？為什麼想或為什麼不想？

【回答範例 1】　是的，我很樂意當個老師。

我喜歡教導別人和幫助別人。

我想我有潛力可以做得很好。

老師是個很值得做的職業。

一個老師可以影響許多人。

我的目標是讓學習更有趣。

* potential〔pə'tɛnʃəl〕*n.* 潛力
　worthwhile〔'wɝθ,hwaɪl〕*adj.* 值得的
　calling〔'kɔlɪŋ〕*n.* 職業（*= career = occupation*）
　influence〔'ɪnfluəns〕*v.* 影響

【回答範例 2】　不，我不想當老師。

我每天都會生氣和受挫。

我會被這麼多的學生煩死。

我缺乏耐心和管教技巧。

我討厭一再給予相同的指導。

我不認為我會成為一個好老師。

* frustrate (ˊfrʌstret) v. 使挫折　　annoy (əˊnɔɪ) v. 使煩擾
  be annoyed to death 煩死　　patience (ˊpeʃəns) n. 耐心
  discipline (ˊdɪsəplɪn) v. 訓練；管教
  instruction (ɪnˊstrʌkʃən) n. 指示；教導
  over and over 一再　　make (mek) v. 成為

問題 4： 你想住在夜市附近嗎？為什麼想或為什麼不想？

【回答範例 1】 是的，我很樂意。
　　　　　　　那樣會非常方便。
　　　　　　　那樣就會有夜間娛樂和好吃的點心。

　　　　　　　住在夜市附近會很刺激又有趣。
　　　　　　　我可以去尋找便宜貨。
　　　　　　　我一定永遠都不會無聊。

* provide (prəˊvaɪd) v. 提供；有
  nightly (ˊnaɪtlɪ) adj. 夜間的
  entertainment (ˏɛntəˊtenmənt) n. 娛樂
  tasty (ˊtestɪ) adj. 好吃的
  bargain (ˊbɑrgɪn) n. 交易；便宜貨
  bargain hunting 尋找便宜品

【回答範例 2】 絕對不想。
　　　　　　　夜市代表了混亂無秩序。
　　　　　　　交通狀況會很擁擠又很糟糕。

　　　　　　　噪音汙染也很讓人討厭。
　　　　　　　吵鬧聲會把我逼瘋。
　　　　　　　我需要安靜的住家環境。

* confusion (kənˊfjuʒən) n. 混亂
  chaos (ˊkeɑs) n. 混亂；無秩序
  condition (kənˊdɪʃən) n. 狀況
  pollution (pəˊluʃən) n. 汙染
  nuisance (ˊnjusn̩s) n. 討厭的人、事、物
  racket (ˊrækɪt) n. 喧嘩；吵鬧
  drive sb. nuts 把某人逼瘋 (= **drive sb. crazy**)

問題 5： 想像你的生活中沒有電視。你在空閒的時候會做什麼？

【回答範例】 沒有電視，我就可以享受更多空閒時間。

我會看更多書或是讀更多書。

我們全家會有更多時間可以一起溝通和聊天。

除此之外，我會經常去外面散步。

相信這樣我可以變瘦。

我也會聽更多音樂。

問題 6： 你喜歡動作片嗎？爲什麼喜歡或爲什麼不喜歡？

【回答範例】 我愛動作片。

它們充滿了活力和力量。

有些特技眞的令人驚艷。

動作片經常很刺激。

它們有逼眞的演出。

刺激可以幫助我放鬆。

* *action movie* 動作片
　energy〔'ɛnɚdʒɪ〕 *n.* 活力；能量
　force〔fɔrs〕 *n.* 力量　　stunt〔stʌnt〕 *n.* 特技
　thrilling〔'θrɪlɪŋ〕 *adj.* 刺激的（= *exciting*）
　lively〔'laɪvlɪ〕 *adj.* 逼眞的；生動的
　entertainment〔,ɛntɚ'tenmənt〕 *n.* 表演

問題 7： 你會送給你的男朋友或女朋友什麼，做爲情人節禮物？

【回答範例】 我會買兩條金項鍊。

我會在鍊子內側刻上我們名字的起首字母。

我們可以永遠一直戴著。

我會送一盒巧克力。

心型的盒子是最好的。

我還會附上一張寫著情詩的小卡片。

    * chain〔tʃen〕 *n.* 鍊子；項鍊
    inscribe〔ɪn'skraɪb〕 *v.* 銘刻
    initial〔ɪ'nɪʃəl〕 *n.* (姓名的) 起首字母
    heart-shaped〔'hɑrt,ʃept〕 *adj.* 心型的
    rhyme〔raɪm〕 *n.* 押韻；詩

問題 8: 當你有工作要做的時候，你會事先計畫嗎？

【回答範例】 是的，我總是會先計畫。
         我很少做事情沒有計畫。
         我喜歡按部就班地做事。

         周詳的計畫可以節省時間和精力。
         更有效率，也更有效果。
         我比較喜歡每件事情都是有計畫的。

    * assignment〔ə'saɪnmənt〕 *n.* 作業；任務；工作
    in advance 事先 (= *ahead* = *beforehand*)
    step by step 按部就班地
    efficient〔ə'fɪʃənt〕 *adj.* 有效率的
    effective〔ə'fɛktɪv〕 *adj.* 有效的
    organized〔'ɔrgən,aɪzd〕 *adj.* 有組織的；有計畫的

問題 9: 當你要去購物時，你通常會跟誰去？

【回答範例 1】 我喜歡和朋友一起去購物。
         我們會討論自己喜歡的東西，還有什麼東西看起來很
         漂亮。
         有時候我們甚至會買同樣的東西。

         有時候我和我媽媽一起去購物。
         她總是知道什麼東西值得買，而且她也很會殺價。
         最棒的是，她總是會付錢。

    * discuss〔dɪ'skʌs〕 *v.* 討論
    stuff〔stʌf〕 *n.* 東西；物品　　tell〔tɛl〕 *v.* 知道
    bargain〔'bɑrgɪn〕 *v.* 討價還價；殺價 (= *haggle*
    = *negotiate*)

【回答範例 2】 我喜歡獨自一人購物。

我可以隨意慢慢瀏覽櫥窗內的陳列品。

我不必擔心同伴有沒有興趣，或是必須等我。

自己一個人購物更輕鬆更愉快。

我可以享受很多自由。

我可以自由地做決定。

* browse〔brauz〕v. 瀏覽；隨意看

window-shop〔'wɪndo,ʃɑp〕v. 觀賞櫥窗內的陳列品

freely〔'frilɪ〕adv. 自由地；隨意地

companion〔kəm'pænjən〕n. 同伴

enjoyable〔ɪn'dʒɔɪəbḷ〕adj. 愉快的

make a decision 做決定

restraint〔rɪ'strent〕n. 抑制；束縛

without restraint 無拘束地；自由地

問題 10：當你遇到不認識的單字，你會查字典還是用電子字典？

【回答範例 1】 我總是會把新單字寫下來。

我會用字典查它們的字義。

我有一本方便的袖珍字典。

我喜歡查字典。

對我來說，它就像是一個可信賴的朋友。

我可以從中學到很多東西。

* *look up* 查閱（單字）

electronic〔ɪ,lɛk'trɑnɪk〕adj. 電子的

definition〔,dɛfə'nɪʃən〕n. 字義

handy〔'hændɪ〕adj. 方便的

pocket〔'pɑkɪt〕adj. 袖珍的；攜帶型的

consult〔kən'sʌlt〕v. 查閱

reliable〔rɪ'laɪəbḷ〕adj. 可靠的；可信賴的

out of 從…當中

【回答範例 2】我喜歡用電子字典。

我總是把它放在手邊。

它非常有效率又方便。

它有英翻中和中翻英的功能。

它甚至會發音給我聽。

它是個多功能的裝置。

* ***keep ~ (close) at hand*** 把 ~ 放在手邊

translation〔 træns'leʃən 〕*n.* 翻譯

audio〔'ɔdɪ,o 〕*adj.* 聲音的；放音的

pronunciation〔 prə,nʌnsɪ'eʃən 〕*n.* 發音

multifunctional〔,mʌltɪ'fʌŋkʃən̩ 〕*adj.* 多功能的

device〔 dɪ'vaɪs 〕*n.* 裝置

三、看圖敘述

這是一張有三個人的照片。他們正在馬路中間的人行穿越道上。

這三個人正在過馬路。其中一個人是行人，而另外兩個人是腳踏車騎士。

照片中的行人是一個年輕女子。她穿著長袖上衣和長裙，並且擺動著手臂輕快地走著。戴著安全帽的腳踏車騎士已經下車，牽著腳踏車安全地走過馬路。他小心地觀看四周。另一個腳踏車騎士戴著棒球帽。他直直地往前騎，沒有看左右兩邊。

* crosswalk〔'krɔs,wɔk 〕*n.* 行人穿越道

pedestrian〔 pə'dɛstrɪən 〕*n.* 行人

sleeve〔 sliv 〕*n.* 袖子　　top〔 tɑp 〕*n.* 上衣

briskly〔'brɪsklɪ 〕*adv.* 輕快地　　swing〔 swɪŋ 〕*v.* 搖擺；擺動

helmeted〔'hɛlmɪtɪd 〕*adj.* 戴著頭盔的

dismount〔 dɪs'maunt 〕*v.* 下 (機車、自行車、馬)

walk〔 wɔk 〕*v.* 把 (自行車) 推著走

cautiously〔'kɔʃəslɪ 〕*adv.* 小心地　　straight〔 stret 〕*adv.* 直直地

全民英語能力分級檢定測驗
中級英語檢定複試測驗⑥詳解

寫作能力測驗

一、中譯英

　　何謂快樂？快樂對不同的人而言代表著不同的事物。對小孩子而言，快樂可能是一隻冰淇淋甜筒，對學生來說，快樂可能是考試成績優異，而對其他人而言，快樂意味著找個好工作、賺大錢。其實快樂是一種心態。只要我們所做的事情能夠得到滿足，我們就會覺得快樂。

What is happiness? Happiness means different things to
different people. For a child, it may be an ice cream cone, for
a student, it may be a good grade on an exam, and for others,
it may mean getting a good job and making a lot of money.
In fact, happiness is a state of mind. As long as we feel
content with the things we do, we will feel happy.

> * cone〔kon〕*n.* 圓錐體；（冰淇淋）甜筒
> state〔stet〕*n.* 狀態　　*state of mind* 心態
> *as long as* 只要
> content〔kən'tɛnt〕*adj.* 滿足的 < *with* >

二、英文作文

【範例 1 】

A Terrible Place

It is not nice to spend time in a place that is uncomfortable. **For me**, the most unpleasant place to be is one that is dirty. **That is because** there is no way for me to ignore what is around me. I cannot escape into a magazine or book because I don't want to sit down. It is no fun to walk around and look at things because there is nothing attractive to see.

　　I had an experience like this when I was visiting New York City. I decided to take the subway and went down into the station. It was very dark, dirty and hot. There were also bad smells from garbage that was lying on the tracks. I even saw a rat. **Needless to say**, I felt disgusted. When the train finally came, I was very thankful to get out of that place.

* unpleasant〔ʌn'plɛznt〕*adj.* 不愉快的　　**no way** 不可能
　ignore〔ɪg'nor〕*v.* 忽視；不理
　escape〔ə'skep〕*v.* 逃走；逃離
　attractive〔ə'træktɪv〕*adj.* 吸引人的
　subway〔'sʌb,we〕*n.* 地鐵
　smell〔smɛl〕*n.* 味道　　garbage〔'garbɪdʒ〕*n.* 垃圾
　lie〔laɪ〕*v.* 躺；在；置於【三態變化爲：lie-lay-lain】
　track〔træk〕*n.* 軌道　　rat〔ræt〕*n.* 老鼠
　needless to say 不用說
　disgusted〔dɪs'gʌstɪd〕*adj.* 覺得噁心的；厭惡的
　thankful〔'θæŋkfəl〕*adj.* 感激的（= *grateful*）

【範例 2】

A Place I Dislike

I always feel ill at ease if I stay in a place I dislike. ***What I hate most about an uncomfortable place is*** its noisiness, plus poor ventilation. ***For one thing***, I can't stand loud noise because my ears are rather sensitive. Even music that is played at a slightly high volume can give me a headache. ***For another***, when the air circulation is bad, I easily get dizzy and nauseated.

I remember the time when I was invited to the welcome party for freshmen. The party was held in the evening at a pub. When I arrived, it was dark inside. ***And then*** I saw a little stage with several people crowding together and dancing there. The dazzling lights on the stage made me light-headed. ***What's worse***, all I heard was loud music and laughter and the whole place smelled of smoke. I felt as if I was going to faint. I escaped as soon as possible. That was really the most horrible place I had ever been to.

* ***ill at ease*** 不自在　　noisiness (ˈnɔɪzɪnɪs) n. 噪音
plus (plʌs) prep. 再加上　　poor (pʊr) adj. 差勁的
ventilation (ˌvɛntlˈeʃən) n. 通風　　stand (stænd) v. 忍受
rather (ˈræðɚ) adv. 相當地　　sensitive (ˈsɛnsətɪv) adj. 敏感的
slightly (ˈslaɪtlɪ) adv. 稍微；有一點　　volume (ˈvɑljəm) n. 音量
circulation (ˌsɝkjəˈleʃən) n. 流通；循環
dizzy (ˈdɪzɪ) adj. 頭暈的　　nauseated (ˈnɔzɪˌetɪd) adj. 噁心想吐的
freshman (ˈfrɛʃmən) n. 新生　　crowd (kraʊd) v. 群聚在
dazzling (ˈdæzlɪŋ) adj. 令人目眩的
light-headed (ˈlaɪtˈhɛdɪd) adj. 頭昏目眩的
what's worse 更糟的是　　***as if*** 猶如　　faint (fent) v. 昏倒

口說能力測驗

一、朗讀短文

　　速食餐廳非常受歡迎，因為服務快速，而且食物便宜。對許多人來說，便宜比食物的品質還來得重要。這種餐廳會受歡迎，也是因為食物總是相同的。人們知道自己不管去哪裡，食物都會是一樣的。

　　快速的服務和低廉的價格在美國很重要。一個原因是，在所有有小孩的已婚婦女當中，有大約百分之五十的人都外出工作。她們太忙太累，無法每天晚上煮晚餐。此外，寬敞的用餐區和明亮的燈光也吸引了許多青少年。

　　* quality〔'kwɑlətɪ〕*n.* 品質【比較：quantity〔'kwɑntətɪ〕*n.* 量】
　　　married〔'mærɪd〕*adj.* 已婚的【比較：single〔'sɪŋgl〕*adj.* 單身的
　　　divorced〔də'vɔrst〕*adj.* 離婚的】
　　　what is more 此外（= *moreover* = *besides* = *in addition*）
　　　spacious〔'speʃəs〕*adj.* 寬敞的　　***dining area*** 用餐區
　　　lighting〔'laɪtɪŋ〕*n.* 照明　　attract〔ə'trækt〕*v.* 吸引

*　　　　　　　*　　　　　　　*

　　對漫畫家來說，觀察入微是極度重要的。他不僅必須觀察人們做的怪事以及聽人們說的怪言怪語，還必須注意自身周圍物體的外觀。有些漫畫家會有一本檔案，裡面完整記錄著他們可能想畫的東西，像是小孩的三輪車，或者也許是某種農具。有些漫畫家則是會畫很多實體素描。這樣子的觀察讓我想到了心理的描繪，而這種描繪有時會變成一種十足的負擔，因為我好像無法停止下來。

　　* extremely〔ɪk'strimlɪ〕*adv.* 極度地
　　　cartoonist〔kɑr'tunɪst〕*n.* 漫畫家【cartoon〔kɑr'tun〕*n.* 漫畫】
　　　observant〔əb'zɝvənt〕*adj.* 觀察入微的
　　　observe〔əb'zɝv〕*v.* 觀察

appearance〔əˈpɪrəns〕*n.* 外觀　　object〔ˈɑbdʒɪkt〕*n.* 物體

thorough〔ˈθɝo〕*adj.* 徹底的；完全的　　file〔faɪl〕*n.* 檔案

tricycle〔ˈtraɪsɪkl̩〕*n.* 三輪車　　***farming equipment*** 農具

a good deal of 很多（ *= a great deal of = a lot of* ）

actual〔ˈæktʃʊəl〕*adj.* 實際的　　sketch〔skɛtʃ〕*v. n.* 素描；畫草圖

mental〔ˈmɛntl̩〕*adj.* 心理的；精神的；憑腦子做的

at times 偶爾；有時（ *= sometimes = occasionally* ）

burden〔ˈbɝdn̩〕*n.* 負擔

二、回答問題

問題 1：　你多久運動一次？

【回答範例】　我一個禮拜幾乎每天都運動。

　　　　　　　我總是在早上慢跑。

　　　　　　　如果我有時間，晚餐後我也會散散步。

　　　　　　　運動對我們的身體很好。

　　　　　　　是保持健康最便宜的方法。

　　　　　　　我們會看起來身體好又健康。

　　　* ***work out*** 運動（ *= exercise* ）

　　　　　stay〔ste〕*v.* 保持（ *= keep* ）

　　　　　fit〔fɪt〕*adj.* 健康的（ *= healthy* ）

　　　　　in shape 身體狀況良好的；健康的

問題 2：　你上次生日是如何慶祝的？

【回答範例】　去年的生日我過得很愉快。

　　　　　　　我以為大家都忘了。

　　　　　　　但是我的朋友替我辦了一場小小的驚喜派對。

　　　　　　　我們吃了巧克力蛋糕，還喝了一些汽水。

　　　　　　　我收到了一些很棒的禮物。

　　　　　　　那是個難以忘懷的生日。

問題 3： 你曾經讀過英文書籍嗎？如果有，書名是什麼？如果
沒有，你計畫要讀什麼書？

【回答範例 1】 有的，我讀過哈利波特第一集的英文版。

對我來說相當困難。

當時我才七年級。

我必須放一本字典在手邊。

我花了大約一個月的時間才讀完，但是很值得。

從那個時候開始，我讀了全系列的英文版！

* title〔'taɪtḷ〕n.（書、畫、電影）名字；標題
version〔'vɝʒən〕n. 版本　　***back then*** 當時
on hand 在手邊（= *at hand*）
rewarding〔rɪ'wɔrdɪŋ〕adj. 值得的；有收穫的
entire〔ɪn'taɪr〕adj. 全部的；整個的
（= *complete* = *whole*）　　series〔'sɪrɪz〕n. 系列

【回答範例 2】 我從來沒讀過英文書。

我一直都很怕讀英文書。

以我的英文能力，我可能要花好幾個月才能讀完
一本。

但是，我一直都有練習讀報紙上的文章。

當我有進步的時候，我就會進展到讀書了。

我會選「龍騎士」做為我第一本要讀的書。

* ***be afraid of*** 害怕　　skill〔skɪl〕n. 技術；技能
article〔'ɑrtɪkḷ〕n. 文章
advance〔əd'væns〕v. 進步；進展
improve〔ɪm'pruv〕v. 改善；進步

問題 4： 你曾經去過海邊嗎？是什麼樣子的海邊？如果沒去
過，你會想去嗎？

【回答範例】我常去海邊。
　　　　　　那裡是值得一去的好玩的地方之一。
　　　　　　那裡是最適合放鬆的地方。

　　　　　　海水很涼，令人神清氣爽。
　　　　　　太陽讓我曬得一身漂亮的褐色。
　　　　　　海邊總是讓我再次充滿活力。

　　* perfect〔'pɝfɪkt〕*adj.* 完美的；最佳的
　　　loosen〔'lusn̩〕*v.* 放鬆　　***loosen up*** 放鬆（= *relax*）
　　　refreshing〔rɪ'frɛʃɪŋ〕*adj.* 令人神清氣爽的；令人振奮的
　　　tan〔tæn〕*n.* 皮膚經日曬而成的褐色
　　　revitalize〔ri'vaɪtl̩ˌaɪz〕*v.* 使復甦；使再次充滿活力

問題 5：　保護環境又好又簡單的方法是什麼？

【回答範例】有許多簡單又有效的方法可以幫助地球。
　　　　　　首先，你不應該亂丟垃圾。
　　　　　　第二，記得要資源回收。

　　　　　　如果可能的話，走路或騎腳踏車。
　　　　　　試著用電扇取代冷氣。
　　　　　　像這樣的小動作可以拯救世界。

　　* effective〔ə'fɛktɪv〕*adj.* 有效的　　　litter〔'lɪtɚ〕*v.* 亂丟
　　　recycle〔ri'saɪkl̩〕*v.* 回收再利用　　fan〔fæn〕*n.* 電扇
　　　air conditioning 冷氣；空調裝置
　　　action〔'ækʃən〕*n.* 行動

問題 6：　你上一次生病的時候發生了什麼事？

【回答範例】上個月我得了非常嚴重的流行性感冒。
　　　　　　我的頭痛得就像鐵鎚在敲打。
　　　　　　我全身都很虛弱。

　　　　　　我也失眠了。
　　　　　　我花了一整個星期的時間才康復。
　　　　　　我再也不想那樣了。

* case〔kes〕*n.* 病症;病例
  flu〔flu〕*n.* 流行性感冒(= influenza〔,ɪnflʊˈɛnzə〕)
  ache〔ek〕*v.* 疼痛　　hammer〔ˈhæmɚ〕*n.* 鐵鎚
  all over 全身　　*have trouble + V-ing* 做某事有困難
  fall asleep 睡著　　*get well* 康復

問題 7： 你有電子郵件帳號嗎?你多常使用它?

【回答範例】 我和其他人一樣,有一個電子郵件帳號。
　　　　　　我喜歡收信。
　　　　　　我幾乎每天都會檢查我的電子信箱。

　　　　　　我覺得它非常方便。
　　　　　　我可以輕鬆地跟其他人保持連絡。
　　　　　　它比普通郵件快多了。

* account〔əˈkaʊnt〕*n.* 帳戶;帳號
  mailbox〔ˈmel,bɑks〕*n.* 信箱
  keep in touch with sb. 與某人保持聯絡
  regular〔ˈrɛgjələ〕*adj.* 普通的

問題 8： 你覺得哪一個比較好學,英文還是中文?爲什麼?

【回答範例 1】 我認爲英文比較難學。
　　　　　　　背單字很難。
　　　　　　　文法也讓我很頭痛。

　　　　　　　我們沒有說英文的環境。
　　　　　　　很難有好的發音或語調。
　　　　　　　那使得英文很難學。

* memorize〔ˈmɛmə,raɪz〕*v.* 記憶;背誦
  grammar〔ˈgræmɚ〕*n.* 文法
  environment〔ɪnˈvaɪrənmənt〕*n.* 環境
  pronunciation〔prə,nʌnsɪˈeʃən〕*n.* 發音
  intonation〔,ɪntoˈneʃən〕*n.* 語調

【回答範例2】　當然，中文比較難。

中文有很長的歷史。

口說和寫作兩種都很難精通。

中國文字比英文字母還難學。

有數以千計的片語和諺語。

中文非母語的人要花很長的時間學習。

* tough〔tʌf〕*adj.* 困難（＝ *hard* ＝ *difficult*）
  master〔'mæstɚ〕*v.* 精通
  character〔'kærɪktɚ〕*n.* 文字
  phrase〔frez〕*n.* 片語
  saying〔'seɪŋ〕*n.* 諺語；俗話
  native〔'netɪv〕*adj.* 本土的；本國的

問題9：　你曾經做過最艱難的選擇是什麼？

【回答範例】　我遇過一個困難的選擇，是要選擇唸哪一所大學。

我成功地申請到兩所大學。

兩所大學都同樣地吸引我。

其中一所提供全額的獎學金，而另一所有較好的教授陣容。

最後，我選擇了教授陣容較好的那一所。

當然，這是仔細考慮後的結果，因為這是個很困難的選擇。

* apply〔ə'plaɪ〕*v.* 申請
  equally〔'ikwəlɪ〕*adv.* 同樣地
  tempting〔'tɛmptɪŋ〕*adj.* 吸引人的
  scholarship〔'skɑlɚ,ʃɪp〕*n.* 獎學金
  staff〔stæf〕*n.* 員工　　***in the end*** 最後
  consideration〔kən,sɪdə'reʃən〕*n.* 考慮；思考

問題 10: 你很在意你的髮型嗎？你如何照顧你的髮型？

【回答範例】 我認爲髮型能夠大大地改善一個人的外表。

那就是爲什麼我非常照顧自己的頭髮的原因。

但是照顧頭髮其實並不用花很多時間。

我每天早上起床後會洗頭髮。

我會用髮膠做造型。

我總是看起來很有精神，準備好過一天！

* care〔kɛr〕*v.* 在意 *< about >*
hairstyle〔'hɛr,staɪl〕*n.* 髮型　　looks〔lʊks〕*n. pl.* 外表
greatly〔'gretlɪ〕*adv.* 大大地；非常
gel〔dʒɛl〕*n.* 凝膠；髮膠
style〔staɪl〕*v.* 梳整；做造型
fresh〔frɛʃ〕*adj.* 有精神的

三、看圖敘述

這是一個電動遊樂場。是人們去玩
電動遊戲的地方。

這個男孩正在玩遊戲。他拿槍對著
銀幕射擊。

有的，我以前玩過電動遊戲。那很好玩，但是現在我比較喜歡
玩電腦遊戲。

有個小男孩正在電動遊樂場裡玩遊戲。他穿著深色的 T 恤和淺
色的褲子。他看起來差不多十歲。遊戲機很明亮，而最前面在男孩
隔壁的那台遊戲機寫著「遊戲結束」，因爲沒有人在玩那一台。

* arcade〔ɑr'ked〕*n.* 商場；電動遊樂場
shoot〔ʃut〕*v.* 射擊【三態變化爲：shoot-shot-shot】
screen〔skrin〕*n.* 螢幕　　light-colored〔'laɪt,kʌləd〕*adj.* 淺色的
pants〔pænts〕*n. pl.* 褲子　　game〔gem〕*n.* 遊戲設備
brightly lit 明亮的　　foreground〔'for,graʊnd〕*n.* 前景

全民英語能力分級檢定測驗
中級英語檢定複試測驗 ⑦ 詳解

寫作能力測驗

一、中譯英

　　很久很久以前，小村莊裡有個放羊的男孩。有一天，他覺得很無聊，決定向村民惡作劇。他大叫：「狼來了！狼來了！」村民們趕到現場，什麼也沒發現。他第二次這麼做，村民們又被愚弄了。最後當狼真的來了的時候，就沒有人來幫助他了。總之，說謊是要付出代價的。

Once upon a time, there was a shepherd boy in a small village.

One day, he felt very bored and decided to play a practical joke

on the villagers. He yelled, "Wolf! Wolf!" The villagers rushed

to the scene and found nothing. He did so for a second time and

the villagers were fooled once again. At last, when a wolf did

show up, no one came to his help. In conclusion, you will pay

a price for telling a lie.

> * shepherd〔ˈʃɛpəd〕*n.* 牧羊人　　village〔ˈvɪlɪdʒ〕*n.* 村莊
> *practical joke* 惡作劇　　rush〔rʌʃ〕*v.* 匆忙；趕到
> scene〔sin〕*n.* 現場　　fool〔ful〕*v.* 玩弄；戲弄
> *once again* 再次　　*show up* 出現
> *pay a price* 付出代價

二、英文作文

Home Alone

Last year, my parents took a trip to Hong Kong for three days. It was the first time they had ever left me home by myself. On the morning of their departure, they reminded me to lock the door, keep the house clean, and take care of myself. I followed their first rule very well, locking the door immediately after they left. *But then*, I felt bored all by myself so I decided to watch TV. While watching TV, I got hungry and decided to make myself something to eat. There being no one else around, I didn't bother to wash the dishes.

Time passed quickly and soon it was Monday, the day my parents would return. That morning I took a look around the apartment. It did not look anything like the beautiful home my parents had left. *In short*, it was a mess. I quickly began to sweep, mop and wash. It took me all day, but when my mother and father arrived, they were very pleased with what they saw. They told me that they would be happy to trust me again, but I hope they never do. Being home alone is just too much work!

* *by oneself* 獨自 (= *alone*)
  departure〔 dɪ'partʃə 〕 *n.* 離開；出發 (↔ *arrival*)
  remind〔 rɪ'maɪnd 〕 *v.* 提醒　　follow〔'falo 〕 *v.* 遵照
  rule〔 rul 〕 *n.* 規定　　bother〔'baðə 〕 *v.* 麻煩；費勁
  in short 簡言之 (= *in brief*)　　mess〔 mɛs 〕 *n.* 亂七八糟
  sweep〔 swip 〕 *v.* 掃地　　mop〔 map 〕 *v.* 拖地
  pleased〔 plizd 〕 *adj.* 高興的　　trust〔 trʌst 〕 *v.* 相信

口説能力測驗

一、朗讀短文

　　沙烏地阿拉伯是中東的一個古國。大部分的沙烏地阿拉伯人都是回教徒，而宗教是他們生活裡一個很重要的部分。學生在學校裡學習宗教。同時，他們也學習像是文學、科學，和數學等科目。沙烏地阿拉伯的教育是免費的，政府很鼓勵年輕的沙烏地阿拉伯人去上學。他們需要受過良好教育和良好訓練的人來幫助國家發展。在這個國家裡，男性和女性都有受教育的機會，但是學校是依性別而分的。換句話說，男性和女性去不同的學校上課。最後，沙烏地阿拉伯想把宗教教育跟現代化的科技教育結合起來。

* Saudi (ˈsaʊdɪ , ˈsɔdɪ) *adj.* 沙烏地阿拉伯的　*n.* 沙烏地阿拉伯人
  Arabia (əˈrebɪə) *n.* 阿拉伯　　*Middle East* 中東
  citizen (ˈsɪtəzn̩) *n.* 人民；公民
  Muslim (ˈmʌzlɪm , ˈmʊslɪm) *n.* 回教徒
  religion (rɪˈlɪdʒən) *n.* 宗教
  literature (ˈlɪtərətʃɚ) *n.* 文學
  well-educated 受過良好教育的
  well-trained 受過良好訓練的
  sexually (ˈsɛkʃʊəlɪ) *adv.* 按性別地
  segregate (ˈsɛgrɪˌget) *v.* 隔離；分離 (= *separate*)
  in other words 換句話說 (= *that is to say*)
  combine (kəmˈbaɪn) *v.* 結合
  technological (ˌtɛknəˈlɑdʒɪkl̩) *adj.* 科技的

＊　　　　　＊　　　　　＊

在 1800 年代早期，紐約北部有個生意人。他的名字是山謬・威爾森。他非常友善，人們稱他爲「山姆叔叔」。山姆叔叔從事肉品業。他賣肉給美國軍隊。他總是在裝肉的箱子外面寫 "U.S."。"U.S." 是什麼意思——是山姆叔叔還是美國？

美國軍人吃山姆叔叔賣的肉。他們開始把美國政府稱爲「山姆叔叔」。不久，報紙上就出現關於山姆叔叔的漫畫。他的照片變得受歡迎。在第一次世界大戰期間，有一張有著山姆叔叔照片的明信片。山姆叔叔用他的手指指著，並說：「我要你加入美國軍隊。」

在這張明信片出現之後，每個人都把美國政府稱爲「山姆叔叔」。有些人不相信眞的有個山姆・威爾森叔叔。但是在 1961 年，美國國會正式地說「山姆叔叔」這個名字是從山謬・威爾森而來的。

* upstate 〔ˊʌpˊstet 〕adv. 在州的北部
  army 〔ˊɑrmɪ 〕n. 軍隊；陸軍
  soldier 〔ˊsoldʒɚ 〕n. 士兵；軍人
  cartoon 〔 karˊtun 〕n. 漫畫
  poster 〔ˊpostɚ 〕n. 海報　　point 〔 pɔɪnt 〕v. 指
  congress 〔ˊkɑŋgrəs 〕n.（美國）國會
  officially 〔 əˊfɪʃəlɪ 〕adv. 正式地

二、回答問題

問題 1：　你認爲你父母養育你的方式如何？

【回答範例】　我很感激我父母養育我的方式。
　　　　　　　他們讓我自由去做我想做的事。
　　　　　　　他們尊重我，那是我夫復何求的事。

當然，我有時會跟他們爭吵

然而，我知道他們只是在爲我好。

當我爲人父母時，我也會這樣養育我的小孩。

* raise〔rez〕v. 養育；撫養（= bring up）
  appreciate〔ə'priʃɪˌet〕v. 感激
  freedom〔'fridəm〕n. 自由
  respect〔rɪ'spɛkt〕v. 尊重
  argue〔'ɑrgjʊ〕v. 爭論；爭辯

問題 2： 你對帶手機到學校的看法是什麼？

【回答範例】　我認爲應該准許學生帶手機。

這樣父母更能方便聯絡。

但是，必須要有規範。

學生帶手機到學校必須登記。

課堂中不能使用。

違反者將會失去帶手機到學校的權力。

* view〔vju〕n. 意見；看法
  cell phone 手機（= *mobile phone*）
  reach〔ritʃ〕v. 聯絡（= *contact*）
  register〔'rɛdʒɪstə〕v. 登記
  usage〔'jusɪdʒ〕n. 使用
  violator〔'vaɪəˌletə〕n. 違反者
  right〔raɪt〕n. 權力

問題 3： 你相信算命這一類的東西嗎？

【回答範例 1】　我認爲沒有人能知道將來會發生什麼事。

根本沒有科學的證據。

相信算命師所預測的未來是不理性的。

我想人們會相信算命是因為他們很害怕。

他們想知道未來會發生什麼事。

但是我相信未來會發生什麼事,是掌握在自己
的手裡。

* fortune ('fɔrtʃən) *n.* 財富;運氣
  fortune-telling 算命
  the like 同類的人、事情
  scientific (,saɪən'tɪfɪk) *adj.* 科學的
  proof (pruf) *n.* 證據 (= *evidence*)
  irrational (ɪ'ræʃənḷ) *adj.* 不理性的;愚蠢的
  fortune-teller 算命師
  predict (prɪ'dɪkt) *v.* 預測　　*lie in* 在於

【回答範例2】 我認為算命很有趣。

不管正不正確都沒關係。

聽到可能會發生什麼事就很好玩。

我想我會相信——當它是正面的消息時。

如果是負面的,我就直接忘掉。

沒必要為它心情起伏。

* matter ('mætə) *v.* 重要;要緊
  positive ('pɑzətɪv) *adj.* 肯定的;正面的
  shake off 擺脫;摒除 (= *get rid of*)
  negative ('nɛgətɪv) *adj.* 否定的;負面的
  point (pɔɪnt) *n.* 意義;必要
  work up 激起;煽動 (= *excite*)

問題 4： **你對長髮或身體穿環的男性有什麼看法？**

【回答範例】 現在的社會比較開放。

男性和女性的界限正在消失當中。

看到長髮或是身體穿環的男性並不奇怪。

我認為他們的頭髮和身體的環只是表達自己的
一種方式。

這沒什麼大不了的，因為這些事情而把人歸類
是不公平的。

那只是時尚流行，我們應該學著接受。

* pierce〔pɪrs〕v. 刺穿
 body piercing 身體穿環【如耳環、鼻環等】
 society〔sə'saɪətɪ〕n. 社會
 boundary〔'baʊndərɪ〕n. 界限
 disappear〔͵dɪsə'pɪr〕v. 消失；不見
 unusual〔ʌn'juʒʊəl〕adj. 不尋常的
 express〔ɪk'sprɛs〕v. 表達
 big deal 了不起的事；大事
 unfair〔ʌn'fɛr〕adj. 不公平的
 classify〔'klæsə͵faɪ〕v. 分類；歸類

問題 5： **你曾經從網站上非法下載音樂嗎？**

【回答範例】 我以前從網路上下載過音樂。

但是，大部分我下載的音樂，我都有購買。

這是支持我喜歡的藝人的一種方式。

沒有付費就下載音樂是不好的。

然而，現在音樂公司也會使用網路來銷售音樂。

終於有合法的方式讓使用者下載音樂。

* illegally〔ɪˋliglɪ〕adv. 非法地
  download〔ˋdaʊnˏlod〕v. 下載
  website〔ˋwɛbˏsaɪt〕n. 網站
  support〔səˋport〕v. 支持
  artist〔ˋɑrtɪst〕n. 藝人
  legally〔ˋliglɪ〕adv. 合法地

問題 6：　你認為哪些是日常生活中要遵守基本禮儀？

【回答範例】　一定要記得說「謝謝」和「請」。

不要忘了對長輩和女性有禮貌。

絕對不能使用粗魯或無禮的話。

要細嚼慢嚥，喝東西時不要「發出聲音」。

要有耐心，並且要排隊。

永遠都要準時，如果你會遲到要打電話。

* basic〔ˋbesɪk〕adj. 基本的
  manners〔ˋmænɚz〕n. pl. 禮儀
  everyday life 日常生活
  courteous〔ˋkɝtɪəs〕adj. 有禮貌的（= *polite*）
  rude〔rud〕adj. 粗魯的
  offensive〔əˋfɛnsɪv〕adj. 冒犯的；不禮貌的
  chew〔tʃu〕v. 咀嚼
  slurp〔slɝp〕v.（吃喝時）發出聲音
  get in line 排隊　　*on time* 準時

問題 7：　你會給要考這個測驗的朋友什麼建議？

【回答範例】　不要為這個考試煩惱。

放輕鬆，不要太緊張。

這只是個考試，不是攸關生死的問題。

多做一些模擬測驗。

你必須慢慢培養自己的能力。

我相信大聲唸出來也很重要。

* advice〔əd'vaɪs〕*n.* 勸告；建議　　fret〔frɛt〕*v.* 煩惱
  tense〔tɛns〕*adj.* 緊張的（= *nervous*）
  mock〔mɑk〕*adj.* 模擬的；模仿的
  available〔ə'veləbl̩〕*adj.* 可取得的；可獲得的
  gradually〔'grædʒʊəlɪ〕*adv.* 漸漸地
  out loud 大聲地

問題 8：　你在學校最不喜歡的科目是什麼？

【回答範例 1】 我就是無法接受數學課。

我無法忍受一整天都看到數字。

光是做乘法就會讓我頭昏。

我知道數學對於日常生活來說很重要。

那不就是為什麼我們會有計算機的原因嗎？

我認為學習關於計算機的東西還更有用。

* stand〔stænd〕*v.* 忍受　　dizzy〔'dɪzɪ〕*adj.* 頭昏的
  multiplication〔,mʌltəplə'keʃən〕*n.* 乘法
  calculator〔'kælkjə,letɚ〕*n.* 計算機
  （= *calculating machine*）

【回答範例 2】 這聽起來很奇怪，但是我不喜歡體育課。

我不是個喜歡待在戶外的人。

我不喜歡流汗。

我也不喜歡音樂課。

我完全沒有音樂才能。

當我唱歌時，我和我的同班同學都很痛苦。

* **weird** ﹝ wɪrd ﹞ *adj.* 奇怪的（= *strange* = *odd* ）
  outdoor ﹝'aʊt,dor﹞ *adj.* 戶外的；喜歡待在戶外的
  sweat ﹝ swɛt ﹞ *v.* 流汗
  absolutely ﹝'æbsə,lutlɪ﹞ *adv.* 完全地
  talent ﹝'tælənt﹞ *n.* 天分；才能
  painful ﹝'penfəl﹞ *adj.* 痛苦的

問題 9：你是個有方向感的人嗎？請說明。

【回答範例 1】 我毫無疑問是個有良好方向感的人。
　　　　　　 甚至在熙熙攘攘的城市裡，我也很少迷路。
　　　　　　 我只要坐上車，就知道要如何抵達要去的目的地。

　　　　　　 我的秘訣是不要記自己去的每個地方。
　　　　　　 我所做的，是記自己所去的地方的「特色」。
　　　　　　 每棵樹或是每個廣告看板都可以是你去的地方
　　　　　　 的記號。

* ***a sense of direction*** 方向感
  no doubt 無疑地　　***get lost*** 迷路
  bustling ﹝'bʌslɪŋ﹞ *adj.* 繁忙的；熙熙攘攘的
  destination ﹝,dɛstə'neʃən﹞ *n.* 目的地
  secret ﹝'sikrɪt﹞ *n.* 秘訣
  memorize ﹝'mɛmə,raɪz﹞ *v.* 記憶
  characteristic ﹝,kærɪktə'rɪstɪk﹞ *n.* 特色
  billboard ﹝'bɪl,bord﹞ *n.* 廣告看板；告示板
  sign ﹝ saɪn ﹞ *n.* 跡象；記號

【回答範例 2】 四處逛逛對我來說一直都很困難。
　　　　　　 我就是不知道自己在哪裡。
　　　　　　 我想這就是你所謂的沒有方向感。

但是，我並不太常迷路。

我會四處問人，而且一定會確認每個告示牌。

如果這些都不行，我會直接叫計程車！

* **get around**　四處走動
  not have a clue　不知道；毫無頭緒
  sign〔saɪn〕*n.* 告示牌　　fail〔fel〕*v.* 失敗
  cab〔kæb〕*n.* 計程車（= *taxi* = *taxicab*）

問題 10：　你認為應該如何照顧流浪狗？

【回答範例】 如果不照顧流浪狗，牠們可能會變得很危險。

牠們可能會受到感染，並傳染給其他人。

牠們可能會到處流浪，被殺死在街上。

生病的狗應該接受專業的治療。

狗和我們一樣是生物，所以安樂死是很殘酷的。

如果可能的話，牠們應該讓大家來收養。

* stray〔stre〕*adj.* 迷失的；走失的
  stray dog　流浪狗（= *homeless dog*）
  infect〔ɪn'fɛkt〕*v.* 感染；傳染
  wander〔'wɑndɚ〕*v.* 流浪；徘迴
  treat〔trit〕*v.* 治療
  professionally〔prə'fɛʃənlɪ〕*adv.* 專業地
  living being　生物
  euthanasia〔ˌjuθə'neʒə〕*n.* 安樂死
  cruel〔'kruəl〕*adj.* 殘酷的
  put up　推薦；使出售；公布
  adoption〔ə'dɑpʃən〕*n.* 收養

三、看圖敘述

這個男人在車子裡，而且他邊開車邊
講電話。

我覺得這個行為非常危險，因為他可
能很容易就會發生意外。講電話可能會分
散他的注意力。

是的，我必須承認我開車時也會講電話。我知道這不是聰明
的做法，但是我還那樣做。而且，我哥哥也經常這樣做，因為他
必須用電話處理許多事情。

這個男人正在開車。車內看起來只有他一人，但是後座可能
有乘客。他穿著一件長袖襯衫。他用右手控制方向盤。他用左手
拿電話。

* behavior〔bɪˋhevjɚ〕n. 行為
  distract〔dɪˋstrækt〕v. 使分心
  attention〔əˋtɛnʃən〕n. 注意力
  admit〔ədˋmɪt〕v. 承認　handle〔ˋhændḷ〕v. 處理
  backseat〔ˋbækˏsit〕n. 後座
  wheel〔hwil〕n. 輪子；方向盤

全民英語能力分級檢定測驗
中級英語檢定複試測驗⑧詳解

寫作能力測驗

一、中譯英

當我進入大學時，我第一件要做的事情是儘快適應新環境。我想交一些新朋友，並且儘可能地參加課外活動。當然，我也會訂定良好的讀書計畫，因為學生的第一要務還是讀書。如果可能的話，我還想兼差打工，賺點自己的零用錢。我相信我的大學四年，一定會過得很充實的。

When I enter university, the first thing I want to do is to adapt to the new environment as soon as I can. I would like to make some new friends and participate in as many extracurricular activities as possible. Of course I will also make a good study plan because the top priority of a student is to study. If possible, I would also want to find a part-time job to earn some pocket money. I believe that my four years in college will definitely be fruitful.

* adapt〔ə'dæpt〕v. 適應　　participate〔par'tɪsə,pet〕v. 參與
extracurricular〔,ɛkstrəkə'rɪkjələ〕adj. 課外的
top〔tap〕adj. 最重要的　　priority〔praɪ'ɔrətɪ〕n. 優先之事
pocket money 零用錢
fruitful〔'frutfəl〕adj. 充實的；收穫良多的

二、英文作文

The Influence of Friends

There is no doubt that we are influenced by our friends. *This is especially true when* we are young, for we usually care a lot about fitting in. *Therefore*, we often imitate the people we admire. *It is no wonder that* good friends have a positive effect on us, while poorly-behaved ones can make us worse.

An example of this is my former friend, Mindy. Mindy and I were very close in elementary school, and she was a very honest and kind girl. *However*, when we were in junior high school, Mindy fell in with some friends who cheated, lied and stole things. *Soon* she was doing the same, and that is why we are no longer friends. *People say that a man is known by the company he keeps. I believe this is true.* If you want to know what someone is like, take a look at how his friends behave.

* *fit in* 嵌入;融入 (= *blend in*)
  imitate (ˊɪməˏtet) *v.* 模仿 (= *copy*)
  admire (ədˊmaɪr) *v.* 讚賞;欽佩
  It is no wonder that + 子句 難怪 (= *No wonder* + 子句)
  have an effect/influence on 影響 (= *influence* = *affect*)
  poorly/badly/ill-behaved 不守規矩的;行爲不檢的
    (↔ *well-behaved* = *well-mannered* 守規矩的;舉止端正的)
  former (ˊfɔrmə) *adj.* 以前的   *fall in with* 遇到
  cheat (tʃit) *v.* 作弊   *no longer* 不再
  company (ˊkʌmpənɪ) *n.* 朋友
  keep company 交朋友   behave (bɪˊhev) *v.* 行爲;舉止

口說能力測驗

一、朗讀短文

　　大衛是個年輕人，興趣是釣魚，但是他很少有機會可以練習。而有一年夏天，他決定到有很多小溪的山裡度假。他想在那裡他可以抓到很多魚。在他到達的那個早上，他帶著他的釣竿，走路到最近的那條小溪。他看到有個老人在水邊，所以問他這是否是私人的溪流。那個老人回答說不是，所以大衛接著對他說：「嗯，那麼如果我在這裡抓魚不是犯罪吧，是嗎？」「噢，不是，」那個老人回答。「那不是犯罪，但絕對是個奇蹟。」

* hobby〔'habɪ〕n. 嗜好；興趣
  stream〔strim〕n. 小溪；溪流
  rod〔rad〕n.（金屬或木製細長的）桿子；竿子
  fishing rod 釣竿　　　private〔'praɪvɪt〕adj. 私人的
  crime〔kraɪm〕n.（法律上的）罪
  certainly〔'sɝtn̩lɪ〕adv. 當然；必然
  miracle〔'mɪrək̩l〕n. 奇蹟

＊　　　　＊　　　　＊

　　報紙、雜誌、電視、廣播，以及網路都可以幫助我們和他人溝通。藉由它們，我們知道世界上發生什麼事，還有其他人在想什麼。

　　許多東西也可以傳達訊息。例如，公車站的招牌可以幫助你知道要搭哪一班公車。門上的標示告訴你哪裡可以進出。你曾經注意過你的周圍有很多標示，而你經常從它們獲得訊息嗎？

　　人們可以用許多方式溝通。聾啞人士用手語溝通。藝術家可以用他的繪畫技巧來描繪美麗的山川和蔚藍的大海。寫書和拍電影都是為了告訴你關於世界上所有美好的事物，還有關於人們和他們的想法。

* **by means of** 藉由　　**be going on** 發生
  carry〔'kærɪ〕v. 傳播;傳送
  message〔'mɛsɪdʒ〕n. 訊息;音信
  sign〔saɪn〕n. 牌子;招牌;跡象　　notice〔'notɪs〕v. 注意到
  all the time 一直;總是;經常　　deaf〔dɛf〕adj. 耳聾的
  dumb〔dʌm〕adj. 啞的;不會說話的
  the deaf and dumb 聾啞人士　　**sign language** 手語
  film〔fɪlm〕n. 電影
  shoot〔ʃut〕v. 拍攝【三態變化為:shoot-shot-shot】

二、回答問題

問題 1: 你最喜歡什麼類型的性格?你最不喜歡什麼類型的性格?

【回答範例】　我喜歡體貼的人。
　　　　　　　我喜歡會支持朋友的人。
　　　　　　　我喜歡大方的人。

　　　　　　　我受不了貪心的人。
　　　　　　　和不誠實的人在一起也很痛苦。
　　　　　　　不會保密的人也很不受人歡迎。

* type〔taɪp〕n. 種類;類型（= kind = sort）
  personality〔ˌpɝsn̩'ælətɪ〕n. 個性;性格
  considerate〔kən'sɪdərɪt〕adj. 體貼的;為人著想的
  　（= thoughtful）　　**stand up for** 支持;維護
  generous〔'dʒɛnərəs〕adj. 慷慨的;大方的
  greedy〔'gridɪ〕adj. 貪心的　　pain〔pen〕n. 痛苦
  truthful〔'truθfəl〕adj. 誠實的;說實話的
  keep secret 保密
  unwelcome〔ʌn'wɛlkəm〕adj. 不受歡迎的

問題 2： **什麼行為最讓你生氣？**

【回答範例】　有些人坐著的時候很容易會抖腳。

　　　　　　　我認為那很粗魯又無禮。

　　　　　　　那也顯示了你很沒耐性。

　　　　　　　會咬指甲的人也很令人惱怒，而且很髒。

　　　　　　　講手機很大聲的人也很令人生氣。

　　　　　　　我很高興上述的行為我都沒有。

　　　*　action〔'ækʃən〕n. 行為
　　　　annoy〔ə'nɔɪ〕v. 使生氣；使惱怒
　　　　tend to + V. 傾向於；容易　　　shake〔ʃek〕v. 抖動
　　　　impolite〔ˏɪmpə'laɪt〕adj. 無禮的；粗魯的（= *rude*）
　　　　show〔ʃo〕v. 顯示　impatient〔ɪm'peʃənt〕v. 不耐煩的
　　　　above〔ə'bʌv〕adj. 上述的

問題 3： **你理想的伴侶是什麼樣子的？**

【回答範例 1】　我理想的伴侶應該要又體貼又有幽默感。

　　　　　　　他不必很英俊。

　　　　　　　但是，他應該要乾淨又整潔。

　　　　　　　他應該要給我一點驚喜來表示他的關心。

　　　　　　　當我在購物時，他也必須要有耐心。

　　　　　　　最重要的是，他必須經常帶我出去！

　　　*　ideal〔aɪ'diəl〕adj. 理想的　　mate〔met〕n. 伴侶；同伴
　　　　humorous〔'hjumərəs〕adj. 有幽默感的
　　　　extremely〔ɪk'strimlɪ〕adv. 非常地（= *very*）
　　　　neat〔nit〕adj. 乾淨的；整潔的

【回答範例 2】　我理想的伴侶必須知道如何打扮。

　　　　　　　她應該要隨時都看起來有自信。

　　　　　　　有自信的女性比外表好看的女性還要漂亮。

當談到工作時，她應該要支持我。

她也必須對小朋友很好。

最後一項要點是，她必須很會做菜。

* ***dress up*** 打扮
  at all times 總是；一直；隨時 (= *always*)
  confident〔'kɑnfədənt〕*adj.* 有自信的
  good-looking〔'gud'lukɪŋ〕*adj.* 好看的；漂亮的
  when it comes to 當談到～
  last but not least 最後一項要點是

問題 4： 你最想跟哪位名人見面？

【回答範例】 在所有人中，我最想見李奧納多·狄卡皮歐。

他是如此出色的演員。

我想問他關於他的私生活。

我也想見希拉蕊·柯林頓。

她是如此令人欽佩的女性。

她在工作上的表現比男性更好。

* celebrity〔sə'lɛbrətɪ〕*n.* 名人
  admirable〔'ædmərəbḷ〕*adj.* 令人欽佩的；令人讚賞的
  succeed〔sək'sid〕*v.* 順利；成功；獲得成效
  dominate〔'dɑmə,net〕*v.* 佔優勢

問題 5： 你最想看哪本書改編成電影？

【回答範例】 現在幾乎所有的暢銷書都被改編成電影。

漫畫和奇幻作品都變成賣座強片的題材。

所以「三國演義」這本偉大的小說還沒出電影讓我感到很驚訝。

我從國中就一直很喜歡這本書。

它有戲劇、懸疑，還有戰爭場景。

但是，我想這個故事太長了，很難改編成電影。

* ***top seller*** 最暢銷的書（唱片等）
fantasy（'fæntəsɪ）*n.* 幻想；奇幻作品
subject（'sʌbdʒɪkt）*n.* 主題；題材
blockbuster（'blɑk,bʌstə）*n.* 賣座強片
hit（hɪt）*n.* 成功之作
The Romance of The Three Kingdoms 三國演義
drama（'drɑmə）*n.* 戲劇的性質
suspense（sə'spɛns）*n.* 懸疑
battle（'bætḷ）*n.* 戰鬥；戰爭

問題 6： 誰或是什麼東西是你的精神支柱？

【回答範例 1】 我的祖母養育我，好幾年來一直都是我的依靠。
她是個堅強又獨立的女性。
她教了我很多價值觀。

無論我何時感到困惑，我都會向她求助。
即使她幫不上忙，在她身邊我也比較有安全感。
我想感謝她爲我所做的每件事。

* spiritual（'spɪrɪtʃuəl）*adj.* 精神的
support（sə'pɔrt）*n.* 支持；支柱；生活的依靠
raise（rez）*v.* 養育（= *bring up*）
independent（,ɪndɪ'pɛndənt）*adj.* 獨立的
values（'væljuz）*n. pl.* 價值觀　　***turn to*** *sb.* 向某人求助
confused（kən'fjuzd）*adj.* 困惑的
even if 即使　　secure（sɪ'kjur）*adj.* 安全的

【回答範例 2】 我和我的死黨在高中畢業的時候，互相交換了項鍊。
她要去國外讀書，所以我們分開了。
項鍊像是個紀念品，從那之後我就一直戴著。

當我感到孤獨的時候，我會抓住項鍊並想她。
我會想我們一起度過的美好時光，然後我就會覺得好
一點。
我等不及她回來了！

　　　　　　　* exchange〔ɪksˋtʃendʒ〕v. 交換
　　　　　　　necklace〔ˋnɛklɪs〕n. 項鍊
　　　　　　　graduate〔ˋgrædʒʊˏet〕v. 畢業
　　　　　　　abroad〔əˋbrɔd〕adv. 在國外
　　　　　　　part〔part〕v. 分開；離別
　　　　　　　keepsake〔ˋkipˏsek〕n. 紀念品
　　　　　　　ever since 從那時之後一直　　**hold on to** 抓住

問題 7： 你想當什麼人？

【回答範例】 我想當很多人。
　　　　　　在看完漫畫後，我希望我是超人。
　　　　　　我想拯救世界，不受到壞人的威脅。

　　　　　　我想當一個軍人，因為有一把槍很酷。
　　　　　　我也希望我是總統，這樣我可以賺很多錢。
　　　　　　我甚至希望我是爸爸，因為爸爸可以做任何想做的事。

　　　　　　* villain〔ˋvɪlən〕n. 壞蛋
　　　　　　save…from～ 拯救…使免於～
　　　　　　president〔ˋprɛzədənt〕n. 總統

問題 8： 你有任何同儕壓力的問題嗎？如果有，請説明。

【回答範例】 當我還在唸高中的時候，很多其他的孩子都在抽煙。
　　　　　　他們看起來很酷，因為他們違反規定。
　　　　　　不久，很多其他的小孩也加入抽煙了。

　　　　　　我從沒碰過一根香煙。
　　　　　　但是，我以前一度很想抽。
　　　　　　我想在這種情況下我克服了同儕壓力是一件好事。

　　　　　　* peer〔pɪr〕n. 同儕　　**peer pressure** 同儕壓力
　　　　　　break〔brek〕v. 違反　　join〔dʒɔɪn〕v. 加入
　　　　　　single〔ˋsɪŋgl̩〕adj. 一個的　　tempt〔tɛmpt〕v. 引誘
　　　　　　be tempted to + V. 想要做～
　　　　　　overcome〔ˏovɚˋkʌm〕v. 克服
　　　　　　case〔kes〕n. 例子；情形

問題 9： 你多久買一次 CD 或 DVD ? 你通常會買什麼 ?

【回答範例】 我一個星期至少買兩張或三張音樂 CD。

至於電影的 DVD，那要看是什麼電影。

如果我喜歡，我就會買；如果我不喜歡，我會直接
用租的。

CD 和 DVD 真的很方便，因為它們可以燒錄。

但是，盜版興盛也正是因為這個原因。

我認為做正確的事是消費者的義務，否則不會有人
想再販賣 DVD 和 CD。

* *at least* 至少 *as for* 至於
  depend on 視～而定
  rent〔rɛnt〕*v.* 租借 burn〔bɜn〕*v.* 燒錄
  piracy〔'paɪrəsɪ〕*n.* 海盜行為；侵犯著作權；盜版
  flourish〔'flɜɪʃ〕*v.* 興盛；繁榮
  exact〔ɪg'zækt〕*adj.* 切確的
  up to sb. 由某人決定；由某人去做；是某人的義務
  or else 否則

問題 10： 全球暖化是很重要的問題。你的看法是什麼 ?

【回答範例】 我相信阻止全球暖化是全人類的義務。

各個國家，像是美國，都必須知道自己在傷害地球。

如果沒有地方可以使用，金錢和權力是無用的。

如同我自己的一般人，可以藉由使用大眾運輸工具
來盡本分。

走路或是騎腳踏車更好。

我們只有一個地球，我們最好要拯救它。

　　* global〔ˈɡlobḷ〕adj. 全球的　**global warming**　全球暖化
　　critical〔ˈkrɪtɪkḷ〕adj. 非常重要的；重大的
　　issue〔ˈɪʃju〕n.（有爭議性的）議題；問題
　　entire〔ɪnˈtaɪr〕adj. 整個；全部的　　race〔res〕n. 種族
　　be of no use　沒有用的（= be useless）
　　do one's **part**　盡本分
　　public transportation　大眾運輸工具

三、看圖敘述

　　這是一個遊樂園或市集。我想這裡是入口，因為照片中有一個售票亭。

　　人們正在買搭乘遊樂設施要用的票。他們在售票亭前面站著排隊。

　　我想他們要到這個市集來玩，和家人或朋友一起度過時光。這可能是假日或是星期六。

　　最前面有個售票亭。招牌上寫著遊樂設施的門票。我們可以看到背景有幾個遊樂設施。售票亭前有六個人，他們看起來像兩組人。售票亭有兩個窗口。每個人都穿得很輕便，準備玩樂一天。

　　* **amusement park**　遊樂場
　　fairground〔ˈfɛrˌɡraʊnd〕n. 市集地；露天展覽場地；舉辦遊樂園的
　　　場所【fair n. 市集；展覽會】
　　entrance〔ˈɛntrəns〕n. 入口　　booth〔buθ〕n. 亭子；攤子
　　ticket booth　售票亭
　　ride〔raɪd〕n. 搭乘；（遊樂場等裡的）乘坐設施
　　　【如：roller coaster n. 雲霄飛車、merry-go-round n. 旋轉木馬、
　　　Ferris wheel n. 摩天輪】
　　stand in a line　排隊　　sign〔saɪn〕n. 牌子
　　say〔se〕v. 寫著　　**as though**　像是（= as if）
　　be dressed　穿著　　casually〔ˈkæʒʊəlɪ〕adv. 輕便地

全民英語能力分級檢定測驗
中級英語檢定複試測驗 ⑨ 詳解

寫作能力測驗

一、中譯英

　　如果我今天早上早點起床，就不會遇到這麼多尷尬的事情了。首先，我來不及看氣象報告，出門忘了帶傘。當開始下起大雨時，道路變得又濕又泥濘，我也溼透了。更糟的是，當我要下公車時，我發現我也忘記帶我的錢包和悠遊卡。要不是車上一位善心乘客伸出援手的話，我就完蛋了。

　　If I had gotten up earlier this morning, I wouldn't have encountered so many embarrassing things. First of all, I had no time to watch the weather forecast so I didn't bring umbrella when I went out. When it began to rain heavily, the road became wet and muddy and I got wet through too. What was worse, when I was about to get off the bus, I found that I had also forgot to bring my wallet and Easy Card. Had it not been for a kind passenger on the bus who offered me a helping hand, I would have been finished.

* encounter〔ɪnˈkaʊntɚ〕v. 遭遇
　embarrassing〔ˈɪmbɛrəsɪŋ〕adj. 尷尬的
　forecast〔ˈforˌkæst〕n. 預測
　heavily〔ˈhɛvɪlɪ〕adv. 大大地；猛烈地　　muddy〔ˈmʌdɪ〕adj. 泥濘的
　be about to + V. 正要　　**get off** 下車
　Easy Card 悠遊卡　　finished〔ˈfɪnɪʃt〕adj. 完蛋的

二、英文作文

Sportsmanship

Everyone likes a good sport, for he is easy to get along with and fun to contest with. ***A person with good sportsmanship is one who*** plays fair, respects his opponents and is gracious both when he wins and when he loses. Good sportsmanship is important in every contest, from the basketball court to the political arena.

I have seen both good and poor sportsmanship in my own class. One of my classmates, Sue, is a very good sport. She is an excellent student and often wins contest, but she never gloats or brags about her victories. ***Instead***, she thanks those who competed against her for making her work harder. When one day she lost, she did not pout or act jealous. She graciously congratulated the victor. ***However***, the winner that day boasted and made fun of the losers. He won the game, but he lost our respect. No one likes a poor sport.

* sportsmanship (ˈsportsmənˌʃɪp) *n.* 運動家精神
sport (sport) *n.* 有運動精神的人 (= *sportsman*)
get along with *sb.* 與某人相處
contest (kənˈtɛst) *v.* (ˈkɑntɛst) *n.* 比賽
fair (fɛr) *adv.* 光明正大地;公平地
opponent (əˈponənt) *n.* 對手
gracious (ˈgreʃəs) *adj.* 善意的;有禮貌的　　court (kort) *n.* 球場
political (pəˈlɪtɪkḷ) *adj.* 政治的　　arena (əˈrinə) *n.* 領域;～界
gloat (glot) *v.* 竊喜;幸災樂禍　　brag (bræg) *v.* 自誇 (= *boast*)
victory (ˈvɪktərɪ) *n.* 勝利【victor *n.* 勝利者】
pout (paʊt) *v.* (因不悅) 噘嘴;繃著臉　　***make fun of*** 取笑;嘲笑

口說能力測驗

一、朗讀短文

　　最近我和我先生到義大利的南部旅行時，我寄了一些我們自己很喜歡的美食給一個住在康乃迪克州的朋友。那是個很微不足道的禮物。但是令我們驚訝的是，我們收到的不是普通的感謝信，而是一卷錄音帶。當我們把錄音帶放出來時，我們聽到我們的朋友在晚餐結束後說話的聲音，他正在敘述他和一群來賓是多麼地喜歡這個食物，並且謝謝我們的禮物和體貼。以這麼奇特的方式證明我們的禮物受到賞識，真令人愉快。

　　* recently〔ˈrisn̩tlɪ〕 adv. 最近　　　tour〔tʊr〕 v. 旅行
　　southern〔ˈsʌðən〕 adj. 南方的
　　Connecticut〔kəˈnɛtɪkət〕 n. 康乃迪克州【美國東北部一州】
　　delicacy〔ˈdɛləkəsɪ〕 n. 美食；佳餚　　　fancy〔ˈfænsɪ〕 n. 喜好
　　take one's fancy 令某人很喜歡、很中意
　　trifling〔ˈtraɪflɪŋ〕 adj. 微不足道的
　　to one's surprise 令某人驚訝的是　　　*instead of* 而非
　　tape〔tep〕 n. 錄音帶　　　recording〔rɪˈkɔrdɪŋ〕 n. 錄音
　　a party of 一群　　　thoughtfulness〔ˈθɔtfəlnɪs〕 n. 體貼
　　pleasant〔ˈplɛzn̩t〕 adj. 令人愉快的　　　proof〔pruf〕 n. 證據；證明
　　appreciate〔əˈpriʃɪˌet〕 v. 感激；重視

＊　　　　＊　　　　＊

　　這個世界充滿了許多有趣的聲音。有些聲音很悅耳，而有些則不。你每一天都可能聽到數百種不同的聲音。有些很柔和；有些可能很吵。有些音調很高；有些音調很低。

　　有些聲音很有用。例如，沒有聲音我們就無法跟他人交談，或是聽到別人說的話。鬧鐘的鈴聲可以把人叫醒。車子的喇叭聲可以警告人們注意危險。然而，有些聲音是有害的。當飛機在陸地上方低空飛行時，那種巨響可以對房屋造成損害。巨響甚至會讓人耳聾。

我們知道聲音在三秒鐘內可以行進大約一公里。在雷雨中，你會先看到閃電，然後再聽到雷鳴。這是因為光速比音速還快。

* ***be filled with*** 充滿了　　while〔hwaɪl〕*conj.* 然而
　soft〔sɔft〕*adj.* 柔軟的；輕柔的
　ringing〔'rɪŋɪŋ〕*n.* 鈴響；響聲　　***alarm clock*** 鬧鐘
　wake up 叫醒【及物動詞】；醒來【不及物動詞】
　honk〔hɔŋk〕*n.*（汽車的）喇叭聲
　warn *sb.* ***of*** *sth.* 警告某人某事
　harmful〔'hɑrmfəl〕*adj.* 有害的
　cause〔kɔz〕*v.* 造成；導致　　damage〔'dæmɪdʒ〕*n.* 損害
　travel〔'trævl̩〕*v.*（光、聲等）傳導；行進
　thunderstorm〔'θʌndɚ͵stɔrm〕*n.* 雷雨
　lightning〔'laɪtnɪŋ〕*n.* 閃電　　thunder〔'θʌndɚ〕*n.* 雷；雷鳴

二、回答問題

問題 1：　你最喜歡哪個寓言或是童話故事？

【回答範例 1】　我最喜歡的寓言絕對是「三隻小豬」。
　　　　　　　　這是我第一個聽到的寓言，也是最有名的寓言之一。
　　　　　　　　這是個關於機智和腳踏實地的故事。

　　　　　　　　它教我們要盡力。
　　　　　　　　我們不該像第一隻和第二隻豬一樣懶惰。
　　　　　　　　我們必須像第三隻豬一樣腳踏實地和勤勞。

　　　　　　　* fable〔'febl̩〕*n.* 寓言【最有名者：Aesop's Fables *伊索寓言*】
　　　　　　　　fairy tale 童話故事　　wit〔wɪt〕*n.* 機智
　　　　　　　　down-to-earth 腳踏實地的；實際的
　　　　　　　　practical〔'præktɪkl̩〕*adj.* 實際的；腳踏實地的
　　　　　　　　hardworking〔͵hɑrd'wɝkɪŋ〕*adj.* 勤勞的

【回答範例2】我非常喜歡安徒生寫的「醜小鴨」。

醜小鴨從出生開始就一直被嘲笑。

但是，牠從不感到氣餒，最後終於證明自己是一隻美麗的天鵝。

我們不能以貌取人。

只要有夢想和努力，即使是一個平凡的人都可以成功。

我相信人的潛力是無窮的。

* duckling (ˈdʌklɪŋ) n. 小鴨　　*laugh at* 嘲笑
  discouraged (dɪsˈkɝɪdʒd) adj. 氣餒的
  prove (pruv) v. 證明
  swan (swɑn) n. 天鵝　　cover (ˈkʌvɚ) n. 封面
  Never judge a book by its cover. 【諺】勿以貌取人
  effort (ˈɛfɚt) n. 努力
  ordinary (ˈɔrdṇˌɛrɪ) adj. 平凡的
  make it big 非常成功
  potential (pəˈtɛnʃəl) n. 潛力
  unlimited (ʌnˈlɪmɪtɪd) adj. 無限的

問題2：你曾經借錢給別人或是向人借錢過嗎？敘述你的經驗。

【回答範例】我以前向人借錢也借錢給別人過。

當然，如果可以的話，我會試著不要這麼做。

牽扯到錢的情況都難解決。

通常我都是借錢給別人的那個人。

我總是很難把錢要回來。

那就是為什麼如果我跟別人借錢，我幾乎會立刻還錢的原因。

* settle〔'sɛtl〕*v.* 解決　situation〔,sɪtʃʊ'eʃən〕*n.* 情況
involve〔ɪn'vɑlv〕*v.* 有關；牽涉

問題 3：　你多久看一次書？你喜歡看哪種書？

【回答範例】 我一個星期至少會看一本書。

那表示我通常一個星期至少會看三個小時的書。

我大部份的讀物都是在休息或是等待中看完的。

所有種類的書籍我都喜歡。

我的興趣包括戀愛小說、科幻小說、歷史，以
及傳記。

我最喜歡的書是「傲慢與偏見」。

* done〔dʌn〕*adj.* 完成的　break〔brek〕*n.* 休息
sci-fi〔'saɪ'faɪ〕*n.* 科幻小說【源自 science fiction】
biography〔baɪ'ɑgrəfɪ〕*n.* 傳記
pride〔praɪd〕*n.* 驕傲；傲慢
prejudice〔'prɛdʒədɪs〕*n.* 偏見

問題 4：　關於你的外表，你想改變什麼？

【回答範例】 我一直都想減重。

但是我不夠堅決。

不管我節食或運動，我總是很快就放棄了。

我的眼睛又小又細。

所以我想把眼睛放大。

我想那會讓我看起來更有活力。

* determined〔dɪ'tɝmɪnd〕*adj.* 堅決的
give up 放棄　narrow〔'næro〕*adj.* 窄的；細的
enlarge〔ɪn'lɑrdʒ〕*v.* 放大；擴大
energetic〔,ɛnɚ'dʒɛtɪk〕*adj.* 有精神的；活力充沛的

問題 5：　你通常何時上床睡覺？你都睡多久？

【回答範例】　我一直都認為早睡早起對身體好。

　　　　　　　因此，我通常在十一點前上床睡覺。

　　　　　　　我起床前會睡滿七個小時。

　　　　　　　有時候我必須熬夜到很晚。

　　　　　　　通常是因為功課太多，或是考試即將到來。

　　　　　　　那我就會睡不到六個小時。

　　　　　　　* ***stay up***　熬夜
　　　　　　　　upcoming〔ˈʌpˌkʌmɪŋ〕*adj.*　即將到來的

問題 6：　你有任何迷信嗎？如果沒有，為什麼沒有？

【回答範例】　首先，我以前不相信迷信這回事。

　　　　　　　我覺得那只是好玩，就像算命一樣。

　　　　　　　但是，在加入學校的籃球隊之後，我就開始迷信了。

　　　　　　　我通常穿白色的球鞋，但是有一天球鞋髒了。

　　　　　　　我改穿一雙黑球鞋，結果我們連贏好幾場！

　　　　　　　從那之後我就一直穿黑色的球鞋。

　　　　　　　* superstition〔ˌsupɚˈstɪʃən〕*n.*　迷信
　　　　　　　　sneakers〔ˈsnikɚz〕*n. pl.*　球鞋；運動鞋
　　　　　　　　streak〔strik〕*n.*　連續
　　　　　　　　be on a winning/losing streak　連贏/輸

問題 7：　你認為有外星人嗎？

【回答範例】　關於這個議題，我保持中立。

　　　　　　　我認為應該要有科學證據。

　　　　　　　但是，相信其他星球上有生物也是合理的。

目前爲止還沒有任何人證明任何事。

但是人類正在進行太空之旅，我想我們很快就會找到什麼。

總之，我眼見爲憑。

* alien (ˈeljən) *n.* 外星人
stand (stænd) *v.* 處於～立場
neutral (ˈnjutrəl) *adj.* 中立的
proof (pruf) *n.* 證據；證明【prove *v.* 證明】
reasonable (ˈriznəbl̩) *adj.* 合理的
exist (ɪgˈzɪst) *v.* 存在
planet (ˈplænɪt) *n.* 行星；星球　　*so far* 到目前爲止
mankind (mænˈkaɪnd) *n.* 人類　　*to sum up* 總之

問題 8：　你最喜歡的速食店是哪家？

【回答範例】 我最喜歡漢堡王。

他們有又大又多汁的漢堡。

說到炸雞，那絕對是肯德基。

麥當勞的雞塊很棒。

摩斯也有非常特殊的漢堡。

我們有這麼多種選擇眞是棒！

* juicy (ˈdʒusɪ) *adj.* 多汁的
when it comes to + N/V-ing 一談到～
fried chicken 炸雞　　nugget (ˈnʌgɪt) *n.* 塊狀物
chicken nugget 雞塊

問題 9：　你有兄弟姐妹嗎？你和他們的關係如何？

【回答範例 1】 我有一個妹妹和弟弟。

我是最大的，而妹妹是最小的。

我們都相隔兩年出生。

我們彼此很少爭吵。

我們非常關心對方。

我眞的很喜歡我們相互給予尊重。

* sibling〔ˈsɪblɪŋ〕n. 手足；兄弟姐妹
  relationship〔rɪˈleʃənˌʃɪp〕n. 關係
  apart〔əˈpɑrt〕adv. 相隔
  rarely〔ˈrɛrlɪ〕adv. 很少　　argue〔ˈɑrgju〕v. 爭吵

【回答範例 2】 我沒有兄弟姐妹。

我也不認爲我想要有兄弟姐妹。

我自己一個人很好。

我所有的朋友都會跟他們自己的兄弟姐妹爭吵。

他們必須共用房間和其他東西。

我聽起來像是很惱人的事。

* on one's own　獨自地
  annoyance〔əˈnɔɪəns〕n. 煩惱；惱人的人或事

問題 10： **你正在台北火車站附近，有個外國人問你中正紀念堂怎麼去。你會對他說什麼？**

【回答範例】 你可以走樓梯下去到捷運站。

搭乘紅線前往新店或南勢角的車。

中正紀念堂站是台北車站的下兩站。

或者你可以從這裡直走到忠孝路和中山路的交叉口。

右轉沿著中山南路走。

走三個街區後就是雄偉的藍白建築中正紀念堂，

你不會錯過的。

* railway〔'rel͵we〕n. 鐵路
memorial〔mə'morɪəl〕adj. 紀念的
hall〔hɔl〕n. 大廳
memorial hall　紀念堂；紀念館
bound〔baʊnd〕adj. 前往～的<for>
straight〔stret〕adv. 直直地
intersection〔͵ɪntɚ'sɛkʃən〕n. 十字路口；交叉口
magnificent〔mæg'nɪfəsn̩t〕adj. 雄偉的

三、看圖敘述

這是一家髮廊。看起來非常現代化又乾淨。

照片中有三位髮型師和三位顧客。顧客都正在剪頭髮。

是的，我每兩個月就會去剪頭髮，所以我經常去髮廊。我去的那間髮廊和這間看起來很像。

髮廊裡有三張椅子。地板是黑色的瓷磚，而牆壁上有兩大片鏡子。這三位髮型師都穿著白色的制服。三位顧客都坐在椅子上。其中一位顧客穿著一塊白色的布，以保護他的衣服。我也可以從鏡子上方看到有不同髮型的海報。

* **hair salon**；髮廊 (= *beauty salon*)
modern〔'mɑdɚn〕adj. 現代化的
stylist〔'staɪlɪst〕n. 髮型設計師 (= *hair stylist*)
have one's hair cut 剪頭髮　　tile〔taɪl〕n. 磁磚
uniform〔'junə͵fɔrm〕n. 制服　　cloth〔klɔθ〕n. 布
poster〔'postɚ〕n. 海報

全民英語能力分級檢定測驗
中級英語檢定複試測驗 ⑩ 詳解

寫作能力測驗

一、中譯英

　　我最討厭的季節是冬天，尤其是寒流來的時候。穿太多衣服，會讓我行動不便。此外，熬夜努力用功令人難以忍受，因為天氣實在太冷了。一大早起床更是困難，所以我常常睡過頭，又遇上塞車，上學就遲到了。然而，我現在是高中生，有很多活動要參加，我浪費不起寶貴的時間。

　　The season I hate most is winter, especially when a cold front

comes. Wearing too much makes it inconvenient for me to move.

Besides, it is unbearable to stay up late studying hard, because the

weather is freezing cold. It is much more difficult to get up early

in the morning, so I often oversleep, get caught in traffic congestion

and arrive late for school. However, since I am a senior high

school student now and I have a lot of activities to take part in, I

can't afford to waste precious time.

> * *cold front* 冷鋒　　unbearable〔ʌn'bɛrəbl̩〕*adj.* 無法忍受的
> 　freezing〔'frizɪŋ〕*adj.* 嚴寒的；極冷的
> 　congestion〔kən'dʒɛstʃən〕*n.* 阻塞　　*take part in* 參加
> 　afford〔ə'ford〕*v.* 負擔得起　　precious〔'prɛʃəs〕*adj.* 寶貴的

二、英文作文

A Fan Letter

Dear Rain, April 15, 2011

My name is Jack, and I am one of your biggest fans. I have collected all of your albums and enjoy listening to them nearly every day. Your music can always make me feel relaxed and happy. It is the perfect medicine for a bad mood.

Recently I attended your concert in Taipei. Seeing you live on stage was such a thrill. I danced, sang and shouted for the whole two hours. It was such a wonderful performance and a very special night for me. I will remember it always.

I know that to you I am just one of thousands of crazy fans, but you and your music mean so much to me. I am already looking forward to your next album. I hope it will be released very soon. Rest assured that I will be among the first in line to buy it. In the meantime, I wonder if you could send me a picture with your autograph. Such a memento would mean a lot to me, your faithful fan. Thank you very much.

Yours sincerely,

Jack Chen

* album〔'ælbəm〕*n.* 專輯　　live〔laɪv〕*adv.* 現場地
thrill〔θrɪl〕*n.* 興奮；激動　　release〔rɪ'lis〕*v.* 發行
assure〔ə'ʃur〕*v.* 保證　***look forward to*** 期待
release〔rɪ'lis〕*v.* 發售
Rest assured that… （你）放心（*= You may rest assured that*）
in the meantime 在此同時（*= meanwhile = at the same time*）
autograph〔'ɔtə,græf〕*n.* 簽名　　memento〔mɪ'mɛnto〕*n.* 紀念品
faithful〔'feθfəl〕*adj.* 忠實的　　sincerely〔sɪn'sɪrlɪ〕*adv.* 誠摯地

口說能力測驗

一、朗讀短文

　　要從疾病和傷勢中恢復，人們通常會尋求醫療。然而，根據一些研究，病人的心情在治療中可能扮演一個非常重要的角色。在療程當中，有信心的病人的反應似乎比害怕治療的人更好。因此，愉快的態度在某種程度上可以助人撐過醫療問題的壓力。醫生通常不想治療心情太過沮喪的病人。他們認為除非病人的心情是樂觀的，否則身體治療不會有效。

　　　* recover〔rɪˈkʌvɚ〕*v.* 恢復　　illness〔ˈɪlnɪs〕*n.* 疾病
　　　　wound〔wund〕*n.* 傷口；傷害
　　　　medical〔ˈmɛdɪkl̩〕*adj.* 醫學的；醫療的
　　　　treatment〔ˈtritmənt〕*n.* 治療
　　　　confidence〔ˈkɑnfədəns〕*n.* 信心
　　　　procedure〔prəˈsidʒɚ〕*n.* 程序；手續
　　　　respond〔rɪˈspɑnd〕*v.* 反應；回應
　　　　anticipate〔ænˈtɪsəˌpet〕*v.* 期待
　　　　cheery〔ˈtʃɪrɪ〕*adj.* 愉快的　　attitude〔ˈætəˌtjud〕*n.* 態度
　　　　aid〔ed〕*v.* 幫助（= *help*）　　***bear up*** 支撐；支持
　　　　depressed〔dɪˈprɛst〕*adj.* 沮喪的
　　　　physical〔ˈfɪzɪkl̩〕*adj.* 身體的
　　　　effective〔ɪˈfɛktɪv〕*adj.* 有效的

　　　　　　　　*　　　　　　*　　　　　　*

　　現今的美國人和過去相比，有不一樣的飲食習慣。他們有較廣泛的營養知識，所以新鮮的水果和蔬菜買得比以前更多。同時，美國人也購買越來越多的甜食、點心，以及汽水。

統計數字顯示人們的生活方式會決定吃東西的方式。美國人的生活方式已經改變了。這些生活方式的改變是因爲有越來越多人必須匆促地吃東西,或是有時候完全不吃。許多美國人比以前更沒時間準備食物。部分是由於時間有限,現在全美國有百分之六十的家庭都有微波爐。此外,美國人一周平均外出吃飯將近四次。

* broad〔brɔd〕*adj.* 廣泛的　　 nutrition〔nju'trɪʃən〕*n.* 營養
  purchase〔'pɝtʃəs〕*v.* 購買 (= *buy*)
  increasing〔ɪn'krisɪŋ〕*adj.* 越來越多的
  statistics〔stə'tɪstɪks〕*n. pl.* 統計數字
  determine〔dɪ'tɝmɪn〕*v.* 決定
  lifestyle〔'laɪf,staɪl〕*n.* 生活方式
  be responsible for 負責任;成爲～之因
  rush〔rʌʃ〕*v.* 匆忙地行進　　 skip〔skɪp〕*v.* 跳過;略過
  altogether〔,ɔltə'gɛðɚ〕*adv.* 完全地 (= *completely* = *totally*)
  partly〔'pɑrtlɪ〕*adv.* 部分地
  as a result of 由於 (= *because of* = *due to* = *owing to*)
  microwave oven 微波爐　　 ***on the average*** 平均而言

二、回答問題

問題 1: 你最常向誰尋求意見?

【回答範例】 無論我何時感到困惑或是有問題,我都會向我的死黨麥克斯求助。

我們非常了解彼此。

他總是知道要如何幫助我。

雖然我們年紀相同,但是他懂很多事。

他比我成熟很多。

我很高興在我有需要的時候,我可以向他求助。

* ***turn to sb.*** 向某人求助
  advice〔əd'vaɪs〕*n.* 勸告；意見
  confused〔kən'fjuzd〕*adj.* 困惑的
  mature〔mə'tjʊr〕*adj.* 成熟的

問題 2： 你認為自己對年輕一代的人來說是個榜樣嗎？

【回答範例】 有點難認為自己是個榜樣。
我似乎不合格。
但是，我了解幼童會模仿他們看到的事。

所以，幼童可能會把我視為模範。
我說話的方式或是我的態度，都可能會影響他們
的行為。
因為這樣，我的行為舉止和想法都要試著像年輕
人的好榜樣。

* model〔'madl〕*n.* 模範　　***role model*** 榜樣
  generation〔,dʒɛnə'reʃən〕*n.* 一代
  qualified〔'kwalə,faɪd〕*adj.* 合格的
  imitate〔'ɪmə,tet〕*v.* 模仿（= *copy*）

問題 3： 你在意別人怎麼說你嗎？

【回答範例】 我一直都試著做自己，同時也為他人著想。
我盡所能地親切，但是我知道要取悅每個人是
不可能的。
所以如果有人說我不好，我其實不會太在意。

然而，很多人都非常認真看待別人說的話。
我看過有人因為被說做得不好就哭了。
他們應該告訴自己真正重要的不是別人說什麼，
而是自己做什麼。

　　　　　　　　* *do one's best* 盡力
　　　　　　　　take sth. seriously 認眞看待某事
　　　　　　　　matter〔'mætɚ〕*v.* 重要；有關係

問題 4：　你曾欺騙父母非常重要的事嗎？

【回答範例】　我想我們大家有時候都會說謊，想辦法讓事情順利。
　　　　　　　我以前是有對我的父母說過謊。
　　　　　　　我仍然能記得我告訴他們的大謊話。

　　　　　　　我曾經翹課兩天，因爲我眞的很生老師的氣。
　　　　　　　我的父母以爲我去上學了，而我甚至僞造了他們
　　　　　　　的簽名。
　　　　　　　我的父母從沒發現過，但是關於欺騙他們的事，
　　　　　　　我仍然有罪惡感，因爲他們很信任我。

　　　　　　　* suppose〔sə'poz〕*v.* 猜想　　skip〔skɪp〕*v.* 翹（課）
　　　　　　　forge〔fɔrdʒ〕*v.* 僞造　　signature〔'sɪɡnətʃɚ〕*n.* 簽名
　　　　　　　guilty〔'ɡɪltɪ〕*adj.* 有罪的；有罪惡感的

問題 5：　你認爲最偉大的發明是什麼？

【回答範例】　網路絕對是有史以來最偉大的發明。
　　　　　　　有了網路，我們在幾分鐘之內就可以環遊世界。
　　　　　　　我們在幾分鐘之內就可以做本來要花好幾天或好
　　　　　　　幾個月才能完成的事。

　　　　　　　溝通聯絡、商業事務，還有單純的玩樂，都可藉
　　　　　　　由網路進行。
　　　　　　　雖然許多問題隨著網路一起出現，但是它仍然無
　　　　　　　可取代。
　　　　　　　它的優點比缺點還多。

* invention〔ɪnˋvɛnʃən〕*n.* 發明
previously〔ˋprivɪəslɪ〕*adv.* 之前；預先
plain〔plen〕*adj.* 單純的；簡單的
irreplaceable〔͵ɪrɪˋplesəbḷ〕*adj.* 無法取代的
outnumber〔aʊtˋnʌmbɚ〕*v.* 數目多過
drawback〔ˋdrɔ͵bæk〕*n.* 缺點

問題 6：　你有一個朋友考試想要作弊。阻止他這麼做。

【回答範例】誠實為上策。
我不認為你該這麼做。
就算你靠作弊得到高分，也沒任何意義。

作弊的人會喪失榮譽感和尊嚴。
如果他們一旦作弊，未來也會再作弊。
現在你為了成績作弊，以後你會為了什麼作弊？

* consider〔kənˋsɪdɚ〕*v.* 考慮
cheat〔tʃit〕*v.* 作弊
discourage〔dɪsˋkɝɪdʒ〕*v.* 使打消主意；阻止 *< from >*
policy〔ˋpɑləsɪ〕*n.* 政策
Honesty is the best policy.【諺】誠實為上策
honor〔ˋɑnɚ〕*n.* 榮譽
dignity〔ˋdɪgnətɪ〕*n.* 尊嚴

問題 7：　你認為酒如何？

【回答範例】我認為酒的害處比好處多。
當然，當有派對或是我們想放鬆的時候，我們通常
會喝一些有酒精的飲料。
但是蠢事似乎總是隨著喝酒而來。

我不會說我們絕不能碰有酒精的飲料——它們是有
些人喜歡喝的飲料。

但是，我們必須控制自己喝多喝少。

喝太多酒而傷害到別人是不對的。

* alcohol〔'ælkə,hɔl〕 *n.* 酒
  alcoholic〔,ælkə'hɔlɪk , ,ælkə'hɑlɪk〕 *adj.* 有酒精的

問題 8： 在所有的水中生物中，你最喜歡的是什麼？爲什麼？

【回答範例 1】 我最喜歡的海洋動物是鯨魚。

我又大又有力量，但是卻很溫和。

牠是很有威嚴的動物。

人們獵捕牠是很遺憾的事。

沒有了鯨魚，我們的世界會更糟糕。

我希望大家都能意識到這個情況，並試著更努力
保護鯨魚。

* underwater〔'ʌndə,wɔtə〕 *adj.* 水中的
  creature〔'kritʃə〕 *n.* 生物；動物
  powerful〔'pauəfəl〕 *adj.* 強有力的
  gentle〔'dʒɛnt!〕 *adj.* 溫和的
  majestic〔mə'dʒɛstɪk〕 *adj.* 有威嚴的
  shame〔ʃem〕 *n.* 丟臉的事；可惜、遺憾的事
  be aware of 意識到~；知道~

【回答範例 2】 螃蟹是我最喜歡的動物。

我喜歡牠堅硬的殼，還有如珠子般的眼睛。

我也喜歡牠滑稽的走路方式。

最重要的是，我喜歡吃。

螃蟹很好吃！

螃蟹是我最喜歡的海鮮種類之一。

* crab〔kræb〕n. 螃蟹　　shell〔ʃɛl〕n. 殼
beady〔'bidɪ〕adj. 圓小如珠的【bead　n. 珠子】

問題 9：　你來到一個十字路口而且紅燈了。但是，兩邊都沒有車子過來。你會闖紅燈過馬路嗎？爲什麼會或爲什麼不會？

【回答範例 1】我絕對不會穿越馬路。

我會站著等綠燈。

我絕不會冒任何險。

看起來可能很安全，但是你永遠不會知道。

有些駕駛人很瘋狂。

而且，我可能會被開罰單。

* intersection〔,ɪntə'sɛkʃən〕n. 十字路口
direction〔də'rɛkʃən〕n. 方向
cross〔krɔs〕v. 穿越；越過
despite〔dɪ'spaɪt〕prep. 儘管（= in spite of）
take chances 冒險　　ticket〔'tɪkɪt〕n. 罰單

【回答範例 2】我可能會走過去。

我覺得呆站在那裡很傻。

而且，很浪費時間。

當然，我會看有沒有來車。

我有時間可以避開。

我相信我會很安全。

* silly〔'sɪlɪ〕adj. 愚蠢的
get out of the way 避開；讓路

　　　　問題 10： **你認爲哪個比較重要，情緒指數還是智商？**

【回答範例】 我認爲情緒指數高比智商高還重要。

智商高的人的確更有能力完成事情。

但是，如果他的情緒指數很低，他能夠獨自完成每件事情嗎？

另一方面，情緒指數高的人較容易被人接受。

即使他們沒有很聰明，他們總是能獲得一些幫助。

那就是爲什麼人緣好的人比智商高的人更能成功的原因。

* **_EQ_** 情緒商數（= _emotional quotient_）
  _IQ_ 智力商數；智商（= _intelligence quotient_）
  indeed〔ɪn'did〕 _adv._ 的確
  capable〔'kepəbḷ〕 _adj._ 有能力的
  intelligent〔ɪn'tɛlədʒənt〕 _adj._ 聰明的
  a people person 人緣好的人
  be likely to V. 可能～

三、看圖敘述

　　　　這是一張舊金山漁人碼頭入口處的照片。這是碼頭前的街道。

　　　　人行道上有人站著，有人在行走。有一大群人。也許他們要去參觀碼頭。

　　　　這台巴士是觀光巴士。用來搭載遊客在市區內到處觀光旅遊。

　　在漁人碼頭的招牌附近有一群人。一台巴士正從招牌前經過。它是一台雙層巴士，而且上層是開放式的。它正載著遊客觀光旅行。巴士上層是開放式的，這樣他們才容易拍照和看風景。

* fisherman〔ˈfɪʃəmən〕*n.* 漁夫【複數形為 fishermen】
  wharf〔hwɔrf, wɔrf〕*n.* 碼頭
  sidewalk〔ˈsaɪd͵wɔk〕*n.* 人行道
  tour bus 觀光巴士；遊覽車 (= *sightseeing bus*)
  sightseeing〔ˈsaɪt͵siɪŋ〕*n.* 觀光
  sign〔saɪn〕*n.* 招牌；路標
  double-decker〔ˈdʌbl̩ˈdɛkə〕*n.* 雙層巴士
  take in 觀看；參觀

新中檢複試測驗① 教師手冊

主　　　編 / 李冠勳

發　行　所 / 學習出版有限公司　　　☎ (02) 2704-5525

郵 撥 帳 號 / 0512727-2 學習出版社帳戶

登　記　證 / 局版台業 2179 號

印　刷　所 / 文聯彩色印刷有限公司

台 北 門 市 / 台北市許昌街 10 號 2 F　　☎ (02) 2331-4060

台灣總經銷 / 紅螞蟻圖書有限公司　　　☎ (02) 2795-3656

本公司網址　www.learnbook.com.tw

電 子 郵 件　learnbook@learnbook.com.tw

書＋CD 一片售價：新台幣一百八十元正

2015 年 4 月 1 日初版

4713269381112